Kike

Hilda Perera

Premio Lazarillo 1975
Premio Lazarillo 1978
Lista de Honor de la Comisión Católica
Española de la Infancia 1980

ediciones **sm** General Tabanera 39   28044 Madrid

Primera edición: Enero 1984
Segunda edición: Diciembre 1984
Tercera edición: Agosto 1985
Cuarta edición: Diciembre 1985

Ilustraciones y cubierta: *Marina Seoane*

© Hilda Perera, 1984
   Ediciones S.M.
   Gral. Tabanera, 39 - 28044 Madrid

Distribuidor exclusivo: CESMA, S.A.
   Aguacate, 25 - 28044 Madrid

ISBN 84-348-1288-6
Depósito legal: M-42868-1985
Fotocomposición: Secomp
Impreso en España / *Printed in Spain*
Imprenta S.M. - Gral. Tabanera, 39 - 28044 Madrid

BUENAS TARDES, señores pasajeros. Éste es el vuelo 102 de Cubana de Aviación, con destino a Miami.

No vi quién lo decía y a mí nadie me dice «señor», pero de todos modos contesté:

—Buenas tardes.

Mi hermano se echó a reír y me dijo:

—¡Cretino!

Entonces se encendieron unas lucecitas rojas en las alas del avión, y la voz dijo:

—Señores pasajeros, por favor, abróchense el cinturón de seguridad.

Me lo abroché, aunque ya tenía muchas ganas de ir al baño. Siempre me pasa cuando no puedo moverme. Mamá dice que si me distraigo no me orino, así es que me puse a fijarme en todo lo que había a mi alrededor. Empujé la tapa de una cajita metálica que hay en el brazo del asiento. Nada. Cuando empujé más, se abrió de pronto y me llené de ceniza y de colillas de cigarro. El botón redondo que está al lado echa el asiento para atrás. Así. Me da para estirar bien las piernas. Lo probé tres o cuatro veces.

Como sin querer estaba dando patadas por debajo del asiento, la señora que estaba delante de mí se viró y me dijo:

—Hijito, por favor, estate quietecito.

En el techo hay un redondel de metal con un agujerito. Trato de alcanzarlo y no puedo. Pongo los pies en el asiento, y entonces sí. Cuando lo abro todo, entra una corriente de aire frío de lo más rica, pero a la señora le da coriza y empieza a estornudar.

Mi hermano Toni me dice:

—Estate quieto. Pareces una lagartija.

Mi hermano me cae mal. Todos los hermanos mayores son unos pesados y unos chivatos.

Para entretenerme, cojo el papel que mi mamá me prendió al bolsillo de la camisa con un alfiler y lo abro. Arriba dice: «APRÉNDETE ESTO DE MEMORIA»; así, con mayúscula y subrayado dos veces. Cuando mamá quiere que haga algo, o me grita o subraya las cosas. Después dice: «Me llamo Jesús Andrés Lendián Gómez», como si yo fuera idiota y no lo supiera, y «tengo ocho años», que no es verdad, porque casi tengo nueve. Luego viene la parte que tengo que aprenderme, aunque creo que ya me la sé: «mi abuelo es Francisco Lendián. Vive en el 243 de Michigan Avenue, en Miami Beach, y su teléfono es el JE2-3054». Lo que está presillado al papel no es un pasaporte, porque yo no tengo pasaporte, sino una cosa que se llama *Visa Waiver* [1], que fue un lío conseguir-la; mi papá y mi mamá llamaron a qué se yo cuánta gente para que nos la mandaran a mi hermano y a mí. Toni dice que si la pierdo, me mata. Cierro los ojos y repito el teléfono de mi abuelo, pero nada más llego al cuarto: ¡se está moviendo el avión!

—Toni, ¿ya?

—Ya —dice Toni, que siempre habla como si todo lo supiera.

Ahora arrancan los motores, y el avión se dispara a correr por la pista. Me suenan las tripas. Pego la nariz a la ventanilla a ver si veo a mi papá o a mi mamá, pero lo único que se ve es la terraza del aeropuerto y un montón de gente moviendo pañuelos. Cojo el mío y digo adiós bien pegado a la ventanilla; mamá dijo que así sabía dónde estábamos. Yo creo que no me vieron, porque el avión va a mil. Las casas, los postes y las palmas pasan corriendo frente a la ventanilla. De pronto me halan el estómago, como cuando subo en los ascensores. Una fuerza me pega al asiento. El avión despega y en seguida empiezo a ver La Habana al revés: es decir,

---

[1] Visado especial concedido por Estados Unidos, en el que se pasan por alto algunos de los trámites reglamentarios. La mayoría de los niños refugiados de Cuba viajaron a Estados Unidos con *Visa Waiver*.

desde arriba, y parece un pueblo de enanos; los automóviles parecen juguetes, y las palmas, que siempre son tan altas, se ven como pinceles. Ya casi no se ve nada, porque estamos entrando en una nube. Las nubes son como humo, así que si te caes allá arriba, sigues para abajo y te escachas. Ahora estamos entrando en unas nubes negras que parecen montañas. El avión coge un bache y empieza a caerse. Tengo miedo. Tengo muchísimo miedo, pero no se lo digo a mi hermano. Más bien trago y trago a ver si puedo tragarme una bola que tengo en la garganta desde que traté de ver a papá y mamá y no los vi; pero hago como si estuviera mirando por la ventanilla, para que mi hermano no vea que estoy llorando.

La muchacha rubia empieza a explicarnos que «en caso de pérdida de presión en la cabina, automáticamente caerían unas máscaras como éstas», y agarra una igualita a la de anestesia —cuando me operaron de las amígdalas— y se la pone. Después dice que apagáramos nuestros cigarrillos y respiráramos normalmente. Como si estuviera anunciando pasta de dientes, sigue diciendo que «en el improbable caso de una emergencia» —emergencia es cuando el avión se va a caer— «tomen sus salvavidas, que están colocados debajo de cada asiento». Se puso el suyo y dijo que lo infláramos sólo cuando ya estuviéramos fuera del avión. Yo pienso lo difícil que debe de ser inflar un salvavidas cuando uno está nervioso porque el avión se acaba de escachar en el mar. En las películas siempre se forman líos tremendos; todo el mundo llora y grita a la vez. Para quitarme el miedo, le pregunto a Toni:

—¿Qué pasa si lo inflamos dentro?

—Que te trabas en la puerta, idiota. ¿No ves que las puertas son muy estrechas?

—Y si uno se traba, ¿qué pasa?

Mi hermano se pone bizco y saca la lengua.

AHORA sí que si no voy, me orino. El baño está al frente y cada vez que entra alguien se enciende un letrero. Por fastidiarme, cuando me levanto, mi hermano me pone un traspiés. Si no me agarro de la pierna de un señor que estaba al otro lado del pasillo, me caigo. Yo no era el único que tenía ganas: había una cola larguísima. Un señor me vio la cara de apuro y me dijo que pasara primero. El baño es tan chiquito que casi no puedes. Cuando tiras de la cadena, que no es cadena, sino un pedal, hace muchísimo ruido y se abre el fondo del inodoro. Yo pienso si todo saldrá volando. El jabón sale a chorritos por un tubo y huele a perro. El papel resbala. Por eso ponen unas toallitas con mucho perfume para que te laves las manos. Al salir, se me trabó la puerta, pero me abrieron. De regreso vi al piloto y al copiloto y por poco me cuelo en la cabina, pero la muchacha rubia me preguntó si quería algo. Le dije que agua, y me dio un vaso de cartón con hielo. Me encanta mascar hielo, porque en casa no me dejan. Dicen que da caries. Cuando volví al asiento, estaba pasando un señor con una bandeja de caramelos. Le pedí unos cuantos y, al cogerlos, se me cayó el vaso con los hielos encima de la señora de la coriza. En Cuba no hay caramelos. Me comí dos juntos y quise guardar el resto para después. Por eso cogí mi gusano, que estaba debajo de mi asiento. El gusano es como una maleta, sólo que no es como las maletas, sino largo y de tela gruesa. Mamá le puso ruedas al mío para que pudiera arrastrarlo yo solo. Dentro me puso un abrigo de franela a cuadros que huele a cucaracha, porque era una manta de mi abuela, y ella cuando guarda la ropa le pone unas bolitas que huelen a rayo y se llaman naftalina. También me pusieron como veinte pares de calcetines, todos con pareja. Mamá los cambió por fríjoles negros y dos kilos y medio de café. Desde que en Cuba no hay nada de nada, mamá se pasa la vida cambiando cosas. Hace una ensalada de pollo sin pollo

y una mayonesa con zanahorias de lo más rica, y luego la cambia por toallas o sábanas o por vasos que son la mitad de abajo de las botellas de Coca-Cola. Papá inventó un líquido de frenos que hace con aceite de ricino y también consigue tuercas y alambres. A veces es divertido. Los zapatos de mi hermano, esos amarillo-canario, llenos de huequitos, que parecen de bobo, eran de un ruso que los cambió por un litro de alcohol puro, a un señor amigo de papá que cambia alcohol por huevos. Como mi papá cría pollos, tiene huevos de sobra para hacer cambios.

En el gusano también me pusieron cantidad de calzoncillos que me hizo mi abuela con sábanas viejas, un retrato de papá y mamá y una cajita con píldoras. Las redondas son para si me da estreñimiento. A mí nunca me da estreñimiento, sino diarrea, pero me las pusieron de todos modos. Abuela dice «está flojito del vientre» y a mí me da muchísima rabia, porque yo lo que tengo es diarrea, como los grandes. Las píldoras para la diarrea saben a pared. Las amarillas son para la fiebre, y un jarabe verde que sabe a demonio es para la tos. En cuanto llegue a Miami, yo pienso que se me caiga y se rompa el frasco. Tata Amelia me puso en el gusano una cajita con un azabache para el mal de ojo. Papá dice que no hay mal de ojo, pero

Tata Amelia dice que sí, que ella ha visto cómo nada más con que una persona mire mal a una planta, se pone mustia y se muere, y que a su sobrina le echaron mal de ojo y se fue poniendo chiquitica y arrugada como una vieja, hasta que se murió. Tata Amelia también dice que no se debe mecer un sillón solo, porque se muere el más chiquito de la casa, y cuando se murió el mono de abuela dijo «que en él se ensuelva», que quiere decir que es mejor que se muera un mono antes que se muera alguien de verdad. Yo quiero mucho a Tata Amelia, porque siempre me defiende y me hace dulces cuando consigue azúcar. Ella dice que yo soy su hijo y que nací negro igual que ella, pero que luego me dio lechada y me regaló a mi mamá. Tata Amelia se agarró a la ventanilla del coche cuando yo me iba y siguió corriendo a mi lado y diciendo: «¡Mi niño! ¡Mi niño!», hasta que el coche corrió más que ella.

Me siento solo y le pregunto a mi hermano:

—¿Qué pasa si no está el abuelo esperándonos?

—Lo llamamos por teléfono.

—¿Y si llamamos por teléfono y no contesta?

—Buscamos a un policía.

Yo no voy a llamar a un policía, porque no creo en policías desde el día que vino uno

13

verde olivo con mucha barba y sacó a papá de la casa a punta de metralleta, y estuvimos muchos días sin verlo y sin saber dónde estaba. Yayo, el jardinero, que es bizco de un ojo y siempre parece que está mirándose la nariz, vino y le dijo a mi mamá que a papá lo habían llevado al colegio de los curas, al mismo que yo iba antes de que se lo cogieran los comunistas. Entonces me escapé de casa sin decir nada, salí corriendo y me encaramé en la mata de mango que está detrás de la tapia del colegio. Allí, en el patio donde antes nos daban el recreo, había como doscientos hombres dando vueltas. En seguida vi a mi papá y le chiflé con el chiflido de los Lendián, que lo inventó mi abuelo, y se oye a dos leguas. Mi papá supo que era yo y me buscó con la vista.

—¿Qué haces ahí, Kike? —me dijo—. ¡Vete, vete en seguida, no vayan a verte!

Yo le pregunté si había visto al cura Joselín, el que jugaba al fútbol con nosotros.

—No está aquí. Todos se fueron ayer. Pero ahora vete, hijo. Dile a tu madre que estoy bien. Que me mande comida.

Era mentira: todos los curas no se fueron, porque fusilaron a tres. Al día siguiente, Candita, la vecina de al lado, que es una gorda chismosa y todo lo dice bajito para que yo no oiga, vino y le dijo a mi mamá —y yo lo oí— que el padre Joselín, cuando ya lo iban a fusilar, gritó: «¡Viva Cristo Rey!» y «¡Viva Cuba libre!», y que lo fusilaron de todos modos. Entonces, yo lo veo agarrándose el estómago y echando sangre por la boca, como en la película del samurai que se enterró un cuchillo en la barriga y se le puso la cara feísima. Ahora no puedo pensar en eso; no puedo. Porque si lo pienso, sueño; y si lo sueño, me da pesadilla. Y si me da pesadilla, me orino. Ojalá que nunca vuelva a orinarme; mi hermano me juró que no se lo decía a nadie, si le daba un peso todas las semanas. Pero no sé si abuelo me dará dinero en Miami; si no, seguro que lo dice, o me fastidia llamándome Simeón en vez de Jesús. Como si supiera lo que estoy pensando, me pregunta:

—¿Te subiste la cremallera?

Me cae mal que me pregunten si me subí la cremallera, pero miro por si acaso. Como nos desnudaron en el aeropuerto y tuve que volver a vestirme y fui al baño, a lo mejor me la dejé abierta. Mamá nos metió un cuento de que ellos se quedaban para que no les cogieran la casa y la finca, y que nosotros íbamos a Miami a estudiar en un colegio grandísimo, con campo de pelota, de tenis, piscina y hasta caballos. Ya en la puerta, cuando íbamos a despedirnos, mi mamá hizo como si estuviera contenta y me dijo: «¡Mándame un retrato con tu caballo!» Mi papá me

15

abrazó y me dijo que me portara como un hombre, que es lo que dicen siempre los padres cuando hay que hacer algo que es una lata. A mi abuela se le puso la nariz roja como un tomate y empezó a llorar y a decir: «¡Ay, Dios mío, Sagrado Corazón de Jesús!», que es lo que dice cuando se pone triste. A mí me dieron ganas de no pasar la puerta, aunque no fuera al colegio, ni tuviera nunca ningún caballo. Mi hermano me empujó y entramos a la pecera. La pecera no es pecera, pero le dicen así, porque es un cuarto todo con cristales en vez de paredes y la gente se ve de un lado y del otro y no pueden tocarse. Yo vi a un hombre con las manos puestas en el cristal y la mujer del otro lado, y los dos llorando, y me dio mucha pena, porque yo nunca había visto a un hombre llorar así. Entonces una miliciana gorda para arriba y flaca para abajo, nos dijo que pasáramos al registro.

Yo hice como si no hubiera oído, porque me daba vergüenza que vieran mis calzoncillos hechos de sábanas viejas. Un miliciano flaco, mandón y con metralleta nos dijo:

—Pasen ahí y desnúdense.

Ahí mismo me di cuenta que todo lo del colegio y el caballo era un paquete, porque a nadie lo desnudan cuando se embarca para ir al colegio. La cremallera se me trabó y mi hermano tuvo que ayudarme. Cuando estaba desnudo como un pescado, vi a mis primos. Yo nunca había visto a mis cuatro primos desnudos y miré y vi que yo era el que lo tenía más chiquito. Pero Tata Amelia dice que no me preocupe, que es como la nariz, que crece a los catorce años. De todos modos, lo pasé muy mal. Sobre todo, cuando me quitaron el reloj que me regaló mi papá, porque pronto voy a cumplir los nueve años y no vamos a poder celebrarlo juntos. A mi hermano y a mis primos les quitaron las medallas y se pusieron a protestar hasta que el miliciano les dijo que eran unos gusanos de porra. Ser gusano en Cuba es malísimo; quiere decir que uno no está con la revolución. Hay gente que la fusilaron por ser gusana. Cogí miedo y le pregunté a Toni:

—Oye, ¿y si el abuelo no está esperándonos?

Después de todo, si lo del colegio era cuento, también cuento podía ser lo del abuelo.

—¡Pareces una desgraciada aura tiñosa [2], Kike! Sí, va a estar, porque mamá habló con él.

En Miami lo que se hablaba era el inglés —ahora no; ahora se habla mucho espa-

---

[2] Aura tiñosa: ave rapaz diurna de plumaje negro. (*N. del E.*)

ñol—, por eso me puse a repasar. *Aidonou* quiere decir «yo no sé», y es lo que tengo que decir si me preguntan algo sobre Cuba para no meterme en líos. También sé decir *jelp*, que quiere decir «auxilio», y *fud*, que quiere decir «comida». Mi hermano me enseñó dos malas palabras: *jel* y *dam*.

Si no está el abuelo, están mis primos, que son cuatro, y contando a mi prima, cinco. Quise ver dónde estaban y me subí al respaldo del asiento; pero me fui de cabeza y si no es porque me agarré del sombrero de la señora de la coriza, me caigo. El sombrero le quedó feísimo. Mi hermano me metió un coscorrón, y yo aproveché para repasar las malas palabras.

Mi primo mayor se llama Manolo, y se pasa la vida haciendo pesas para ser fuerte. En Cuba tenía una motocicleta, y no me dejaba montarla; pero se fastidió, porque un día se la chocaron, y no pudo conseguir las piezas de repuesto para arreglarla. Mi prima tiene trece años y se las da de mayor. Se aprieta tanto la cintura que parece un mono, usa ajustador, se pinta los labios, aunque no la dejan. Cuando oye música se pone a pensar en su novio, que lo cogió el servicio militar cuando cumplió diecisiete años y no puede salir de Cuba hasta que tenga treinta. Mi primo Cleto es flaco y dentudo, por eso usa aritos en los dientes. Le decimos Cleto

18

porque el pobre se llama Anacleto. A mí me gustaría tener aritos en los dientes, pero el dentista dice que no me hacen falta. Mi primo Jorge es como yo, y nos pasamos la vida peleando. Pancho es mi primo más chico. El pobre es una lata, porque siempre quiere jugar a lo que juguemos y nunca entiende nada de nada. Desde que salimos de Cuba está llorando. Yo creo que está medio trastornado.

A veces se cree que es un automóvil, pero cuando abre los brazos y hace burrrrr es avión. Además, habla con un amigo que dice que tiene, pero no es nadie, y se pone a hablar con él y luego cambia la voz y es el otro. Mis primos no van a casa de mi abuelo, porque son primos por parte de madre, y como mi abuelo es el papá de mi papá, no es abuelo de ellos. Van a un colegio buenísimo que se llama Matecumbe [3]. Los viene a buscar un señor que se llama Tito. Cuando ellos le digan sus nombres, el señor les tiene que dar una caja de chicles, porque ésa es la contraseña. Hace cantidad de tiempo que no masco chicles. El último que conseguí me duró muchísimo, porque después que lo mascaba un rato, lo pegaba detrás de la mesa de noche.

---

[3] Matecumbe: institución a la que se enviaba a los niños cubanos exiliados que llegaban a Estados Unidos sin sus padres. (N. del E.)

Están diciendo algo en inglés. La muchacha rubia coge una lata que debe de ser de desinfectante, porque huele al «flit» que usaba mi abuela para matar mosquitos, y empieza a echar chorritos por todas partes. De pronto, el avión empieza a moverse mucho; el estómago se me sube a la garganta. Creo que nos estamos cayendo, pero miro por la ventanilla y doy un brinco:

—Mira, Toni, ¡Miami!

Entonces se me tupen los oídos y me duelen. Casi no oigo a Toni cuando me dice:

—Traga.

En lo que trago y trago y dicen por el micrófono que «tomaremos tierra», el avión aterriza y se oye la voz de la rubia:

—Bienvenidos a Miami, señores pasajeros. Tengan la bondad de permanecer en sus asientos hasta...

Yo no hago caso; me doy prisa, cojo mi gusano y trato de salir el primero. Mis primos vienen saltando por encima de la gente para reunirse con nosotros. Ya estamos en la escalerilla. «Adiós, señorita; muchas gracias», dice Toni haciéndose el fino, y me coge de la mano para bajar. No me da la gana. Él no es mi padre. Me suelto.

—Kike, acuérdate lo que dijo papá.

La escalerilla se mueve y más vale que lo obedezca. Afuera hace mucho calor, igual que en Cuba. No sé por qué mi abuela quiso

que me pusiera un traje de lana. Mi hermano Toni y mi primo Manolo también llevan
trajes de lana y, como no tenían otro, se les
quedaron calvas las canillas. Yo no sé por
qué, si los viejos sienten tanto frío, no se
abrigan ellos en vez de abrigar a los demás.
Al fin entramos al aeropuerto por una puerta de cristal que se abrió sola cuando pisa-
mos la alfombra. Salí para volver a entrar, a
ver cómo era, pero no había nadie. Parece
que es eléctrica. Dentro, se me destupió el
oído y sentí mucho ruido. Nos pasaron a la
oficina de inmigración. El hombre de la
ventanilla me miró con cara de palo, como
si yo fuera un chinche; cogió mi visa, le
metió un golpe con una cosa que tenía tinta
y se la dio a mi hermano. A él le hicieron
cantidad de preguntas sobre Cuba; en cambio, yo no pude ni decir *aidonou*.

Cuando salimos de allí, mis primos ya
habían encontrado a Tito, un cubano que
llevaba pantalón corto, camisa de cuadros,
calcetines, zapatos corrientes y un sombrero
con una pluma roja. Se veía muy cómico,
porque, además, era zambo. Pero no era
disfraz, lo que pasa es que aquí mucha gente
se viste así. Alrededor suyo había como
veinte niños. A cada uno le preguntaba el
nombre, lo buscaba en una lista y, si estaban, les daba chicles.

El cubano les preguntó a mis primos si

tenían dónde quedarse, aunque fuera unos días, porque habían llegado demasiados niños y no tenía sitio para todos. Ellos dijeron que sí, que en casa de mi abuelo, y nos sentamos a esperarlo; pero no venía. Yo, al principio, me puse a mirar todos los aviones que llegaban, hasta que el cielo se puso negro y empecé a sentir hambre y luego miedo. Había mucha gente, pero todo el mundo corría de un lado para otro y nadie nos miraba. No le importábamos a nadie.

De pronto, mi hermano dijo:

—¡Por ahí viene!

Y yo vi caminando hacia nosotros al mismo viejo del retrato que estaba en la sala de mi casa, sólo que más viejo y más calvo. Era mi abuelo. En seguida conoció a Toni, le preguntó que cuándo habíamos llegado, y a mí me dio un beso con el bigote. Hasta ahí me cayó bien, pero cuando los primos le dijeron que se tenían que ir con él, se puso furioso.

—¡Yo no puedo con tanto muchacho! ¡Ya estoy viejo! ¡No tengo ni dónde meterlos!

Entonces, mi prima se puso a llorar, y el abuelo a decir que su casa no era un hotel y que a quién se le había ocurrido mandarle de sopetón siete, ¡siete chiquillos!

Yo pensé que la cosa se ponía mal. Cuando mi mamá me dice «chiquillo», es regaño seguro.

El abuelo protestó, llamó por teléfono a no sé quién, se llevó las manos a la cabeza, sudaba a chorros, le explicó lo que pasaba a un policía; pero, al fin, como mi prima cada vez lloraba con más ganas, dijo:

—Bueno, hoy se van conmigo. Mañana mismo arreglo yo este lío. ¡Hay que ver! ¡A quién se le ocurre mandarle siete muchachos a un viejo! ¡Bueno, vamos, vamos, vamos!

Nos metió en su automóvil, que era un Cadillac viejísimo, y nos fuimos. El asiento de atrás tenía un agujero grandísimo y se le salía todo el relleno. En el piso había otro agujero, y se veía pasar la calle por debajo.

—Abuelo, mira, ¡se ve la calle! ¡Si meto el pie por el agujero, la toco!

Me dijo:

—¡Si metes el pie por el agujero, te mato!

Me puse a mirar para afuera... Miami parecía un árbol de Navidad, todo encendido; luego, pasamos por un puente larguísimo, que era una carretera con agua a los dos lados. Vi barcos grandes y chicos, lanchas de motor y gente pescando. También se veían unos canales de agua con casas grandísimas en las dos orillas. Le pregunté al abuelo si alguna era la suya, y me dijo:

—Muchacho, ¿tú estás soñando? ¡Yo no sé qué rayo se cree la gente en Cuba! Aquí los exiliados lo único que tenemos es tres varas de hambre.

Yo no sabía qué era «exiliado»; pero como veía en la calle tantos viejitos jorobados y hechos una porquería, pensé que serían ésos. Tampoco sabía entonces, aunque luego sí lo supe, qué era tener «tres varas de hambre». Es malísimo.

Como a mí me gustaba hablar, le pregunté al abuelo si en Miami había tiburones, y si era verdad que en el acuario había un señor que se montaba en los delfines y jugaba a la pelota con ellos, y dónde estaban los cocodrilos y cuándo nos podía llevar a la playa o a pescar en bote.

De lo más pesado, me gritó:

—¡Ave María, muchacho, cállate ya!

Después de dar mil vueltas, cogió una avenida ancha y luego un camino, hasta que llegamos a una casa de madera, toda oscura, como en las películas de misterio. Allí era.

—¿Ésta es Michigan? —pregunté, y también le cayó mal. No lo dije por fastidiarlo, sino porque me acordaba del papelito.

—¿Qué Michigan ni Michigan? Ésa era la dirección del hotel.

—¡Ah! —le dije.

Cuando el abuelo fue entrando y encendiendo luces, la casa se veía todavía más fea y más vieja.

—Bueno, esto es lo que tengo. Hay cuatro camas, así que arréglenselas como puedan. Hasta mañana.

—Abuelo, ¡nosotros no hemos comido! —protestó Toni.

—¡Ah, bueno! Ahí al fondo está la cocina. En el refrigerador hay pan y perros calientes. Creo que también hay leche. Coman lo que haya. Mañana veremos.

Pero al día siguiente no vimos nada. En el desayuno volvimos a comer perros calientes, pan y leche fría. Y por la noche, y al otro día, hasta que se acabaron.

Mi hermano Toni y mi primo Manolín decían que el abuelo nos iba a matar de hambre. Yo pensé que no, lo que pasa es que los viejos casi no comen, porque todo les cae mal.

Tampoco pensé que era malo. Es que es viejísimo; debe de tener casi mil años. La calva la tiene lisita, como si nunca hubiera tenido pelo; se traba cada vez que va a pararse o a sentarse y por la noche se quita los dientes y los pone en un vaso. Además, todo se le olvida. ¡Se forma cada lío! A Toni le dice Manolo, y a mí, Cleto; y a veces no le sale ningún nombre y dice: «Oye, tú, este niño, muchacho, tú mismo, ¿cómo te llamas?» El pobre, va a decir una cosa y termina diciendo otra. Yo creo que no habla de lo que quiere, sino de lo que puede. A veces se queda mucho tiempo mirándose las manchas oscuras que tiene en las manos, o se pone a decir que sí y que no con la cabeza, aunque no haya nadie delante. El abuelo huele a *vicksvaporub* y un poco a hospital. Todo hay que decírselo por lo menos dos veces. Si no le gritas, no te oye; pero si le gritas mucho, le pita el oído. Yo a veces me siento a su lado, y se pone a decirme todo lo que le duele; casi todo le duele. Cuando llueve, dice que hasta las uñas. Otras veces, me cuenta historias, las mismas de siempre: que en Cuba él sembraba papa y tenía muchas fincas, y que había sido presidente de esto y de lo otro. Pero la que lo divierte más, que hasta se ríe y se da con las manos en las piernas, es la historia de cuando jugaba a la pelota. El abuelo, antes de ser viejo, fue *pitcher*.

Yo creo que el abuelo nos tiene comiendo perros calientes, no por malo, sino porque se le olvida. Un día, cuando le dije que ya no quedaba nada de nada, me contestó:

—No te preocupes. Ahora viene María con la compra.

Me puse de lo más contento, hasta que mi hermano Toni me dijo que María era mi abuela por parte de padre y que se había muerto cuando él era chiquito.

—El abuelo está loco, Kike —me dijo muy serio.

—¿Loco, loco? —le pregunté.

—Sí, loco; como una cabra.

Yo no lo creí hasta que pasó lo del hombre

de la ventana. Y eso fue porque ya nos estábamos portando muy mal. Al principio, cuando llegamos, yo me porté bastante regular. Porque lo de mojar las toallas para que nadie pudiera bañarse se le ocurrió a mi primo Cleto, el de los aritos en los dientes; lo de caminar por el techo lo hice porque mi primo Jorge me dijo que si no era marica; y lo de hacer la fogata por la noche se nos ocurrió a todos, y si cogió fuego el gallinero fue por el viento, no por culpa nuestra.

Al principio, el abuelo se ponía rojo, se quitaba el cinto y nos corría atrás, pero el día que le escondimos los dientes nos encerró a los siete en un cuarto y cerró la puerta con llave:

—¡Dios los va a castigar por delincuentes! ¡Eso es lo que son ustedes! ¡Una partida de delincuentes!

—¿Qué es un delincuente, Toni?

—Gente mala, que roba y mata.

—Nosotros no matamos a nadie.

—Ya te dije que el viejo está loco.

En el cuarto pasamos mucha hambre, porque el abuelo abría la ventana una sola vez al día y no nos daba más que perros calientes y leche. A mí también me empezó el pica-pica, porque la verdad no me gusta bañarme, y como nadie me mandaba...

Ya no teníamos ropa; cuando cogía peste, la metíamos en el armario y lo cerrábamos.

Como mi primo tenía un juego de cartas, nos pasábamos el día jugando al póker, que es un juego de mayores, pero en seguida empezábamos a retozar y a darnos sopapos, hasta que el abuelo oía el ruido, se acercaba a la puerta y decía:

—¡Cállense o voy a entrar dando leña!

Tata Amelia también decía que me iba a amarrar las orejas con la nariz, o que me iba a sacar la lengua con unas tenazas si decía malas palabras, pero yo sabía que era una broma. Ahora, con el abuelo, no estaba tan seguro. Sobre todo, porque esa noche pasó lo del hombre por la ventana.

Estábamos jugando a la baraja. Mi primo Manolo hizo trampa, mi hermano le dijo tramposo y empezaron a pelearse. Yo le di una patada a mi primo para defender a mi hermano, y Jorge me dio una a mí, y acabamos todos enredados a golpes. De repente, miré por la ventana y me quedé tieso.

—¡Miren! ¡Miren!

En la ventana, por fuera, había un hombre, o un diablo, o un fantasma con la cara encendida por una luz, un sombrero grandísimo y un cuchillo en la mano. Estaba haciendo muecas y poniendo los ojos en blanco.

Empecé a gritar:

—¡Abuelo! ¡Abuelo! ¡Un hombre! ¡En la ventana hay un hombre!

El abuelo vino, abrió la puerta y nos dijo:

—¿No lo dije? ¿No les dije que Dios los iba a castigar?

Hizo que nos arrodilláramos a su alrededor.

—Pónganse a rezar para que Dios los perdone, porque el mundo se va a acabar pasado mañana.

A mí me dio muchísimo miedo que el mundo se acabara y pensé si sería un fuego, un diluvio o la bomba atómica. Recé como cien padrenuestros y le pedí a Dios que, por favor, si se acababa el mundo, me pusiera en el mismo barco o paracaídas, o lo que fuera, que a mi hermano Toni. Y que salvara a mi mamá y a mi papá aunque estuvieran en Cuba; y si había que morirse, que no doliera.

Esta noche, claro, no me podía dormir. Además, había una toalla colgada en una percha, y me pareció un ahorcado. Las ramas que chocaban contra la ventana me parecían brazos de diablos queriendo entrar.

—Toni.

—¿Qué?

—¿Es verdad que el mundo se acaba pasado mañana?

—¡No seas idiota! Ya te dije que el viejo está loco.

—Toni.

—¡Qué!

—Una vez, yo vi a una señora hablando

con mamá, que era testículo de Jejová, y ella también decía que el mundo se iba a acabar.

—Testigo de Jehová, Kike.

—Eso.

—Duérmete y no pienses más. Vamos a ver cómo salimos de todo esto.

Al día siguiente, mi hermano Toni dijo que el hombre de la ventana no era ni diablo ni fantasma, sino Paquito, un tipo medio bobón que le hace las compras a mi abuelo. Manolo y él se pusieron de acuerdo. En cuanto llegó Paquito lo agarraron entre los dos; mi hermano lo tumbó con una llave de judo, mi primo se le montó y lo amenazó con la navaja abierta:

—¡Tú fuiste el que se asomó a la ventana anoche! —lo acusó Toni.

—¡No, no! ¡Yo no fui! ¡Yo no fui!

Mi primo le acercó el filo de la navaja a la garganta:

—¡Si no hablas, te la corto!

Paquito se puso a llorar y dijo que por Dios, que no le hicieran nada, que el abuelo lo había mandado para asustarnos, a ver si nos portábamos mejor.

—¡Yo no quería! ¡Por mi madre, que no quería! ¡No pensé que se asustaran tanto!

—¡Toma, para que te acuerdes! —dijo Toni, y le metió un trompón por la barriga—. ¡Si vuelves a hacerlo, prepárate!

Cuando Paquito fue a levantarse, se arañó

la cara con la navaja de Manolo. Un hilo de sangre le manchó la camisa.

Yo pensé que ahora a lo mejor sí éramos delincuentes de verdad.

Manolo y Toni decidieron hacer una revolución contra el abuelo. Todos nos pusimos de acuerdo. Cleto pintó un cartel con una calavera y dos huesos cruzados, como en los frascos de veneno. Con letra grande escribió:

«¡Abajo el abuelo! ¡Vencer o morir!»

En seguida organizamos las guardias. Cleto y yo teníamos que avisar si venía el abuelo. Mi hermano y mi primo le quitaron la tela metálica a las puertas y ventanas para poder salir huyendo cuando hiciera falta. A mi prima la nombraron «compañera responsable de mantenimiento interior». Ése era un cargo como los que se daban en Cuba, pero lo que quería decir es que era ella la que tenía que limpiar y cocinar. Mi prima protestó pero no le dejaron renunciar. De todos modos, aunque supiera cocinar, no había qué. Lo que sí hizo fue abrir el armario, coger la ropa sucia y meterla en la lavadora. También dio la orden de que había que bañarse por lo menos un día sí y un día no. Por si hacía falta, preparamos palos y trancas. Yo hice una especie de trinchera con los colchones. No sabía bien para qué, pero me pareció divertido.

Cuando el abuelo se levantó y vio el cartel en la puerta de su cuarto, dijo:

—¿Ah, sí? ¡Pues ahora van a saber lo que es bueno! —que es lo que los mayores dicen cuando quieren decir que van a saber lo que es malo.

Salió en su Cadillac viejo, y pensamos que iba a buscar a la policía. Pero no. Al poco rato vino con muchos paquetes. Paquito y él sacaron un refrigerador viejo que había en el garaje, guardaron todas las cosas de comer que había traído y luego lo cerraron con llave. El abuelo iba y venía hablando solo:

—¡Se acabó; ya está! ¡Se acabó!

Mientras, fue metiendo en su cuarto el televisor, una cocinita de dos hornillos, un sillón, una lámpara y un orinal. Luego sacó todos los billetes que tenía guardados por los rincones, los metió en el globo de la lámpara y puso su sombrero encima. En el refrigerador de fuera, supongo que para nosotros, dejó seis paquetes de perros calientes, cuatro litros de leche y cinco panes. Entonces gritó:

—¡Váyanse a la porra! —y se encerró en el cuarto.

A los cuatro días de perros calientes comprendimos que la revolución estaba perdida. El día que peor lo pasé fue el día de mi cumpleaños, porque nadie me felicitó ni me dijo nada; así y todo, me lo pasé esperando que alguien viniera de Cuba con un regalo, o que me llamara alguien. Estuve bastante contento mientras me decía: «Todavía quedan dos horas». «Todavía queda una hora». Pero cuando se puso oscuro y no quedaban horas y lo que me dio mi prima fue café con leche, porque no había otra cosa, me acosté y le dije a Toni muy bajito:

—Toni, ¿tú sabías que hoy era mi cumpleaños?

—¡Ay, enano! ¡Se me había olvidado!

Mi hermano me dice «enano» cuando quiere ser bueno conmigo. Entonces se bajó de la cama, sacó una navaja suya que se le saca una pieza y es un abridor, y le sacas otra y es un sacacorchos, y me dijo:

—Cógela, Kike; te la regalo.

Era un regalo estupendo, y me puse a sacar el abridor y el sacacorchos hasta que me quedé dormido.

Cuando se acabaron la leche y el pan y el abuelo seguía sin salir del cuarto, no sabíamos qué hacer. Mi prima nos daba agua caliente con azúcar, hasta que se acabó el azúcar, y mi primo Panchito, que no entendía ni pío de lo que estaba pasando, se pasaba el día pidiendo de comer y llorando. Cada vez que oía un avión, salía corriendo al patio, levantaba los brazos y se ponía a llamar a su papá y a su mamá, como si vivieran en el avión y pudieran oírlo. El pobre, se había quedado flaquísimo. Ya no jugaba a ser máquina y apenas hablaba solo.

—Tenemos que rendirnos y hacer las paces con el abuelo —dijo Toni.

Todos votamos que sí; limpiamos el patio, arreglamos la casa y quitamos los carteles y las trincheras. Cuando terminamos, fuimos a la puerta del cuarto del abuelo y Toni le gritó:

—¡Abuelo, abre, que nos vamos a portar bien!

¿Saben lo que contestó?

—Bueno, vayan pidiendo las semillas de papa. Cuando lleguen, me avisan.

—Contra, ¡ahora sí que está loco! —dije yo.

—Entonces, ¿qué hacemos? —preguntó Cleto.

—Hay que conseguir dinero —contestó Toni.

Manolo y Toni decidieron que, como yo soy sonámbulo, podía entrar al cuarto del abuelo y robárselo.

—No tienes más que hacerte el dormido, entrar, coger el dinero de la lámpara y salir —me dijo Toni.

—¿Y si el abuelo me oye y se despierta?

—No pasa nada. Eres sonámbulo.

Yo dije que no, pero me explicaron Manolo y él que me habían elegido por mayoría, y como lo nuestro era una democracia, no tenía más remedio que hacer lo que me mandaban, así que acepté.

Esa noche mi hermano se puso de guar-

36

dia. Cuando oyó roncar al abuelo, entre él y mi primo abrieron la puerta del cuarto con un destornillador.

—Ya, Kike, ¡entra!

Como tenía más hambre que miedo, estiré los brazos, cerré los ojos y entré al cuarto del abuelo despacio y sin hacer ruido. El abuelo roncaba y soplaba y no me oyó. Poco a poco me fui acercando a la lámpara; pero era muy alta, y no alcanzaba. Entonces cogí una silla, me subí, quité el sombrero, metí la mano con mucho cuidado y agarré todos los billetes que pude. Lo malo fue que cuando ya estaba sacando la mano, unas monedas que estaban dentro de los billetes se cayeron sobre el orinal y sonaron. Empecé a correr sin acordarme de que era sonámbulo, y me tiré por la ventana. Cuando me di cuenta estaba en medio del patio.

En seguida, Toni contó el dinero: veinticinco dólares.

—¡Bien hecho, Kike!

Yo me sentí importante, como si me hubieran puesto una medalla.

Esa noche nadie se atrevió a entrar a la casa, y nos quedamos afuera, en el jardín; pero al día siguiente, Toni me dijo que íbamos a comprar comida.

—Ponte esto —me dijo, y me dio una capa impermeable amarilla con bolsillos grandes que habíamos traído de Cuba.

—¿Eh, y esto, si no está lloviendo?

—Cada uno va a llevar la suya, porque a lo mejor tenemos que robar, Kike —me dijo con la cara muy seria.

Yo nunca había robado, pero tampoco nunca había tenido tanta hambre.

Salimos los siete con nuestras capas y, como no sabíamos dónde estaba la tienda de comida, ni hablábamos inglés para preguntarlo, mi prima decidió entrar en una tienda que parecía una farmacia, sólo que yo nunca había visto una farmacia así. En Cuba las farmacias venden medicinas; pero aquí, además, venden juguetes, ventiladores, televisores y hasta cocinas. En ésta, al fondo, había una cafetería.

—Toni, mira, ¡helados! —le dije, y señalé uno pintado con chocolate encima y una cereza en la punta.

Toni sacó cuentas: cada uno costaba un dólar; si comprábamos para todos se nos iba la mitad del dinero.

—No puede ser, Kike. No nos alcanza.

Le pregunté al de la caja dónde vendían *fud* y me entendió, porque nos dijo que a cuatrocientos metros había un mercado.

Cuando ya nos íbamos, pensé que el hombre no me estaba mirando, y como Toni me dijo que íbamos a robar, me robé un avioncito y me lo metí en el bolsillo. Lo malo fue que me vieron por un televisor que tienen para coger a los ladrones. El hombre se puso furioso y me dijo que se lo devolviera. Me hice el bobo y le dije que qué; me dijo que el avioncito, pero como Manolín hace pesas y es grande y Toni también, le dijeron al hombre —que, para colmo, hablaba español— que cobrase el desgraciado avioncito, que de todos modos era una porquería.

El mercado se llama «Food Fair», y yo nunca había visto tanta comida junta: estantes y estantes de latas y panes, mesas llenas de vegetales y frutas y una cosa larguísima, con hielo dentro, repleta de pescados, pollos y carnes. Para despistar, mi prima cogió un carrito de ésos de aluminio que tienen allí y lo llenó de pan, café, leche, fríjoles negros y arroz. Los demás nos separamos de ella y cada cual se metió en los bolsillos lo que pudo. Ya íbamos a pasar por la caja con los bolsillos inflados, cuando el pobre Panchito saca una barra de chocolate y se pone a chuparla delante mismo de la cajera. Se llamaba Ester, porque lo tenía escrito en la solapa de su uniforme blanco, y era una señora que parecía un tanque, con todo el pelo teñido de rojo, menos las cejas y el bigote, que los tenía negros. Parece que para tapar lo vieja que era, tenía la cara embarrada con una pasta y mucha pintura de labios. Hasta los pellejitos de los ojos los tenía pintados de verde. Cuando pasé, me sonrió y una pila de arrugas que tenía se le movieron como gusanitos.

—¿*Cuban?* — me preguntó.

—*Yes, cuban* —le dije.

Entonces nos miró a los siete en fila con nuestras capas amarillas, que parecíamos los enanitos de Blancanieves, y se fijó bien en los bolsillos. Yo me ericé. Pero en vez de armar un escándalo, se le puso la cara triste, se le aguaron los ojos y se levantó la manga para que viéramos un número tatuado que tenía en el brazo.

—*Good luck, boys* —es decir, «buena suerte, muchachos», fue lo que dijo.

—¿Por qué hizo eso, Toni? —le pregunté en cuanto salimos.

—Porque es judía.

—¿A los judíos los numeran?

—No, Kike, a los judíos los marcaban así en Alemania cuando los mandaban a los campos de concentración.

—¿Qué son campos de concentración?

—Pero, chico, ¿tú no los has visto mil veces en las películas? Unos lugares donde los trataban muy mal y les hacían trabajar.

—¿Como en Cuba?

—Peor. Muchas veces los mataban. Les decían que se iban a dar una ducha y lo que salía era gas en vez de agua, y se morían.

—¿Todos?

—No; otros se morían de hambre.

—Ah, por eso.

—¿Por eso, qué?

—Por eso dejó que nos lleváramos todo.

—Será.

Sentí una apretazón por dentro, pero en cuanto llegamos a casa y empezamos a comer, se me quitó. Abrimos las botellas de Coca-Cola y nos comimos todo el chocolate y los caramelos que trajimos. Por la noche a todos nos dolía la tripa.

A la mañana siguiente, cuando todavía estábamos durmiendo, sonó el timbre de la puerta. Toni la abrió, y vimos a un señor con cara de cubano que tenía unas ampollas feísimas en las manos.

—¿Aquí vive Francisco Lendián? —preguntó.

—Sí, señor —dijo Toni.

—¿Puedo hablar con él?

—No está —mi hermano prefirió decir eso a decir que estaba loco.

—¿Tú eres su nieto?

—Sí, señor.

—¿Toni?

—Sí, Toni. Éste es mi hermano Kike.

—Bueno, mira, le traigo un recado a tu abuelo de parte de su hijo.

—¿De mi padre?

—Sí. Yo vine en bote de Cuba hace dos días. Hasta hoy no salí del hospital.

—¿En bote? ¡Contra!

41

—Sí, fue terrible. Por poco nos hundimos. Vinimos veinte. Gracias que nos recogió un barco de guerra americano, porque llevábamos dos días sin comida y sin agua. Pero bueno, ya estamos aquí.

—¿Cómo dejó aquello?

—Mal. Cada día peor.

—¿Y mis padres?

—Bueno, tus padres están desesperados. No han recibido carta de ustedes. Tu padre tampoco sabe si tu abuelo recibió los dos mil dólares que le mandó a través de un amigo.

—Aquí no ha venido nadie.

—Hay que averiguar eso. A lo mejor el dinero llegó antes que ustedes vinieran. Tu padre le dio diez mil pesos a una señora, y el hijo de ella, que está aquí en Miami, tenía que entregarle dos mil dólares a tu abuelo.

—¡Que yo sepa...! —dijo Toni, y se encogió de hombros.

—Pregúntale a tu abuelo a ver. Tu madre está loca por salir de Cuba, aunque sea en bote. Yo les dije que se jugaban el pellejo. Ahora tienen las costas muy vigiladas. Si ven un bote yéndose, primero tiran y después preguntan. Yo sí, porque a mí no me daban la salida. A los técnicos no los dejan salir, pero ellos pueden esperar los papeles y salir legalmente. ¿Tú sabes si tu abuelo se está ocupando?

—La verdad es que no sabría decirle.

—Bueno, díselo tú, porque yo salgo hoy mismo para Nueva York a reunirme con mi mujer y mis hijos. Dile que tiene que conseguir un *afidávit*[4] y un contrato de trabajo para mandárselo a tu padre. Ya la visa por México la tienen. Pero si no les llega el resto de los papeles, se les vence la visa y no salen nunca más. Acuérdate: *afidávit* y contrato de trabajo.

—Sí. Descuide. Me acuerdo.

—Buena suerte, hijo. Perdona que no te dé la mano. Por las ampollas, ¿sabes?

Cuando el hombre se fue y Toni cerró la puerta, me dijo:

—¿Te das cuenta, Kike? El abuelo se ha cogido el dinero que le mandó papá y nos tiene muertos de hambre.

Me miró y yo, por si acaso, le dije:

—¡Yo no hago más de sonámbulo!, ¿oíste?

Esa noche, cuando nos acostamos, como no me podía dormir, le pregunté a Toni:

—¿Qué es un *afidávit?*

—Un papel firmado por un americano donde dice que él se hace cargo de los gastos de papá y mamá. Algo así.

—¿Y qué americano te lo va a firmar, si no conoces ninguno?

—No sé.

---

[4] *Afidávit:* declaración jurada, documento. *(Nota del E.)*

Me quedé pensando, porque como es el mayor, Toni nunca dice que no sabe.

—¿Y con quién vas a conseguir el contrato de trabajo?

—Veremos.

—Entonces, si el abuelo está loco y no se ocupa y tú no sabes nada de nada, papá y mamá nunca van a salir de Cuba.

—¡Tú todo lo ves negro!

—Toni.

—¿Qué?

—¿Tú crees que vengan en bote?

—A lo mejor.

—Toni.

—¿Qué, chico?

—El hombre dijo que les tiraban.

—Sí.

—¿Con qué?

—Con metralleta, supongo.

—Toni.

—¡Contra! ¡Acaba de dormirte y no fastidies más, compadre!

—Es que si mamá y papá vienen en bote y les tiran con metralleta, a lo mejor se mueren.

—No van a venir en bote. Duérmete.

Traté y al fin pude, pero tuve pesadillas: papá y mamá venían en un bote chiquito, remando. Mamá estaba gritando, porque a mi papá lo hirieron y se cayó en el agua; ella no podía sacarlo y ya se estaba ahogando. ¡Suerte que me desperté!

Al otro día vimos que el abuelo salió del cuarto con una carta y fue hasta la cajita metálica que hay frente a la casa, que es donde el cartero recoge las cartas. Toni esperó a que volviera a meterse en su cuarto. Entonces, la cogió y empezó a leerla.

—¡Qué fenómeno! ¡Qué fenómeno! Dice que tiene la casa llena de delincuentes y que no puede salir del cuarto. Que avise a la policía, porque tiene miedo que lo maten.

Me quedé pensando.

—Papá no puede, porque está en Cuba. Pero ¿tú sabes quién sí puede avisarle a la policía?

—¿Quién?

—Paquito.

—Ése es un mierda. Además, si viene la policía, van a oírme —dijo Toni, haciéndose el guapo.

Yo, por si acaso, en los días siguientes, cada vez que oía pasar un automóvil, salía corriendo.

No vino la policía ni nadie, pero nos volvimos a quedar sin comida y sin dinero. Entonces, a mi primo Cleto, el de los aritos, se le ocurrió que podíamos robarle frutas a la vecina del fondo, que tiene un terreno grandísimo con plátanos, mangos, aguacates y naranjas. Vive sola, cría cotorras y, por suerte, es viuda. Por suerte, porque el viejo seguro que no nos hubiera dejado robar las frutas.

Nos pusimos de acuerdo. Toni y Manolo saltaban la cerca, y nosotros vigilábamos a ver si venía la vecina. Todo iba bien, hasta que mi primo Manolo dijo que ya estaba hasta el tope de comer frutas y que lo mismo le daba pollo asado que cotorra asada. Ninguna cotorra se dejó coger y armaron un escándalo que la vecina se dio cuenta, y Manolo tuvo que saltar la cerca. La vieja lo vio y en seguida dio la vuelta por el frente y vino a dar las quejas. Estaba hecha una furia, pero mi prima, que sabe mucho, la recibió muy fina y le dijo que entrara y se sentara un poquito. En cuanto la oyó hablar español, la vieja se puso contentísima.

—¡Ay, pero si ustedes son cubanos! ¡Qué alegría! Yo también soy cubana.

—¿Cubana? —preguntó mi prima, porque hablaba con un acento rarísimo. Todo lo decía con g en vez de erre.

—Bueno, es decir, que me siento cubana, pero yo nací en Rusia.

Ahí se puso a hablar y no paraba.

—De Rusia no me acuerdo, porque salí muy chiquita. Luego mis padres huyeron a Polonia. Allí, en cuanto fuimos señoritas, nos teníamos que vestir de negro, como viejas, por miedo a los soldados. Cuando los

46

soldados alemanes invadieron Polonia, tuvimos que salir huyendo. Yo salí. ¿Sabes cómo? ¡Amarrada por debajo de una carreta! —me dio risa, porque dijo «cagueta», en vez de carreta—. Así, ayudada por familias judías, llegué a París y por fin a Cuba. Mi marido tenía una tienda en la calle Muralla. ¡Ay, pero los cubanos fueron buenísimos con nosotros! Por eso yo quiero tanto a Cuba. Después vinimos para acá por miedo al comunismo, pero se me murió Simón y he pasado tanto. ¡Tanta soledad! ¡Ay, si no fuera por mis cotorritas!

Se calló para suspirar, y mi prima aprovechó para decirle:

—Nosotros también estamos pasando muchísimo. Figúrese que ahora mismo no tenemos comida.

—¿No tienen nada que comer?

—No, señora, nada. ¡Si por eso mi primo cogió algunas frutas de su patio!

—¡Eso no puede ser! ¡No puede ser! Ahora mismo me voy para mi casa y verán qué comidita les hago. En una hora estoy de vuelta.

Cuando volvió, traía unas cazuelas montadas una encima de otra. Las puso en la mesa de la cocina y fue destapándolas:

—Miren. Carne asada, arroz, platanitos fritos...

No le dimos tiempo a seguir. Le arrebatamos las cazuelas y empezamos a comer sin cuchara, sin tenedor, cortando los trozos de carne con las manos.

—¡Qué horror! ¡Qué horror! —decía la vecina—. ¡Si parecen lobos!

Toni piensa que fue ella quien avisó a la agencia que se ocupa de los niños abandonados y que aquí se llama *Child Welfare,* porque al día siguiente oímos un automóvil, miramos por las persianas, y vimos acercarse por el camino de entrada a una señora alta y muy tiesa con maleta, gafas negras y cara de directora de colegio. Por si acaso, no le abrimos; pero se metió por la puerta del fondo y, cuando vinimos a ver, estaba en medio de la sala haciendo preguntas:

—¿Quién de ustedes es el mayor?

Mi primo Manolo y mi hermano Toni dijeron que ellos. Entonces, escribió los nombres y las edades de todos.

—¿Y aquí no hay una persona mayor que se ocupe de ustedes?

—Mi abuelo —dije yo—, pero no se ocupa.

—¿Está enfermo?

—No; estás más loco que una cabra —dijo Cleto.

—Hace una semana que no sale del cuarto —dijo Toni.

—No tenemos comida —añadió mi prima.

—¡Qué barbaridad! ¡Qué barbaridad! —repetía la señora—. Voy a rendir este informe en seguida y vuelvo mañana.

Al otro día volvió y dijo que lo tenía todo resuelto.

—A ver: Manuel, Jorge y Anacleto Gómez.

—Somos nosotros —dijeron mis primos.

—Ustedes van para un colegio en Atlanta.

Después resultó que no era colegio, sino un reformatorio. Mis primos se fugaron, robaron un auto, y salieron retratados en los periódicos. Ellos decían que el automóvil era sólo «prestado», porque no tenían dinero para volver a Miami, pero de todos modos los mandaron otra vez para el reformatorio. No he sabido más de ellos.

—Antonio y Jesús Lendián.

—Somos nosotros —dijo mi hermano.

—Bien. Ustedes van para un *foster home.*

Antes que me diera tiempo a preguntar qué era eso, la señora se dirigió a mi prima:

—Tú sí has tenido suerte. Te he conseguido una beca en un colegio magnífico. De monjas.

—¿Y mi hermanito?

—A tu hermanito, por ahora, habrá que mandarlo a...

Mi prima no dejó que terminara. Cargó a Panchito, lo abrazó y gritó que parecía una fiera:

—Señora, ¡para separarme a mí de mi hermanito me tiene que matar!

—Mira, hija, esto es tan duro para nosotros como para ustedes. Pero ¿tú sabes lo difícil que es conseguir sitio para siete? Todos los días nos llegan más niños de los que podemos atender. ¡No damos abasto!

—¿Por qué entonces no nos dejan en esta casa y nos dan comida? Nosotros no queremos separarnos. ¡Somos primos!

—Veré qué puedo hacer por ti. Los demás recojan su ropa y espérenme aquí mañana a las ocho.

Al día siguiente vino con un policía, nos reunió a todos y nos dijo:

—Juntos no pueden quedarse. Y menos, solos. Aquí, por ley, todos los niños tienen que ir al colegio. Para ti, María, he conseguido una familia cubana que está dispuesta a hacerse cargo de ti y de tu hermanito. Estarás bien con ellos. Los demás tienen que ir a donde decidamos nosotros.

—¿Y si no queremos? —preguntó Toni.

—Tendré que llevarlos a la corte, y que el juez decida. Pero a lo mejor salen peor y los mandan para Colorado o para algún estado del norte. Entonces sí que les va a ser difícil verse.

Mi hermano Toni se acercó a mi prima y le dijo bajito:

—Mira, María, yo creo que lo mejor es que tú te vayas con Panchito. Vamos a no buscarnos más líos.

—¿Y el abuelo? —pregunté yo.

—Se lo llevarán a un hospital para que se cure.

El policía, que ya estaba impaciente porque no entendía nada de lo que hablamos, dijo:

—O.K. *Let's go* —que quiere decir «Bueno, vamos ya».

Primero dejamos a mi prima y a Panchito en una casa verde, y salieron a recibirlos en español. Nos dijimos adiós sin ponernos tristes, porque no había tiempo, aunque ponerse triste no lleva casi tiempo. Cuando vi a Panchín caminando de la mano de mi prima, pensé que ojalá comieran bien.

—Adiós, Mari; en cuanto pueda, te llamo —dijo Manolo.

Después, dejamos a mis primos en Matecumbe, pero ni era colegio, ni tenía tenis ni piscina, y yo no vi caballos por ninguna parte.

—Hasta luego, primos.

—Hasta pronto —dijo Manolo. Todos sabíamos que «pronto» puede ser muy largo, pero nadie dijo nada.

Cleto me miró con los ojos aguados y se mordió el labio.

—Adiós, Cleto.

Yo me puse a pensar adónde nos llevaban a mi hermano y a mí. Era un sitio lejísimos. Tuvimos que pasar por carreteras de esas que se cruzan unas por encima de otras, hasta que llegamos a una que se llama Palmetto. Después cogimos otra que se llama Tamiami, que tiene al lado un canal y una fila de pinos altísimos. A mí no me gustan los pinos. Todavía seguimos y seguimos hasta que se acabó Miami y empezó un campo chato, sin una sola loma, con canales de agua verde y hierba altísima y unos árboles flaquitos. Si mirabas bien, lo que había debajo era agua o fango. Al fin, llegamos a una especie de restaurante. Afuera, había un flamenco enorme de yeso parado en una pata, y un cocodrilo, también de yeso, con la boca abierta. Del hocico le colgaba un letrero que decía: «Hamburguesas de cocodrilo», y yo pensé: ¡qué asco! Detrás del restaurante había una casa vieja de madera y, alrededor, un cementerio de automóviles sin ruedas o sin timón o sin guardafangos, camiones escachados y bicicletas rotas. A un lado, en una jaula grande de tela metálica, había varias serpientes. En otra, un cocodrilo grande y varias tortugas, y en una alta, una especie de tigre, sólo que no era tigre, sino otro animal que parece un gato grande y tampoco es un gato.

Lo que más me gustó es que detrás de la casa había un canal y unos botes planos con motores, como de avión, que hacían muchísimo ruido. El canal casi no se veía por la hierba. Cuando llegamos, vi pasar a una india de verdad con una saya de muchos colores y el pelo recogido en un moño rarísimo que casi parecía un sombrero o un techo. Cerca, en un puente, había varios negros y negras gordos, con sombrero de paja. Estaban pescando, y yo pensé que algún día iba a poder pescar con ellos. La verdad es que aquel lugar —a no ser por los mosquitos, que ya empezaban a picarnos— me pareció que podía ser muy divertido.

Nos recibió un hombre grande y gordo con el pelo rojo. Estaba en camiseta, arreglando la rueda de un automóvil, y sudaba la gota gorda. Cuando se acercó tenía una peste... Se limpió la frente con el dedo, igual que un parabrisas, y vino contentísimo a darle la mano sucia a la mandamás, a la vez que gritaba:

—¡Mama! ¡Mama!

Mama era su mujer y salió a recibirnos con un vestido que parecía una tienda de campaña con flores y unas sandalias que dejaban descubiertos los dedos sucios. Los dos se echaron a reír como si estuvieran felices de vernos, y yo pensé por qué si no nos conocían. Él tenía los dientes amarillos. Ella tenía la piel de la cara lisa y gorda como un globo inflado y caminaba con los brazos separados del cuerpo.

En seguida empezaron a hablar con la jefa: a todo le decían que sí, y ella supongo

54

que daba órdenes o decía quiénes éramos. No sé, porque no entendimos ni papa, hasta que gritaron:

—¡Juan! ¡Joshua! —y salieron de la casa un chiquito flaco, muy prieto, que después se hizo muy amigo mío, y otro muy gordo, con cara de bobo y un sombrero de vaquero. El pelo le caía por los hombros y lo tenía casi blanco.

La capataza se despidió de nosotros y se fue, y todos entramos a la casa vieja que olía a moho y a churre. Dentro había dos sofás forrados y uno con agujeros, un televisor grandísimo, un sillón de ésos que se echan para atrás, lleno de parches, y varias sillas cojas. Todo estaba tan sucio, que me alegré cuando el chiquito puertorriqueño, que hablaba español, nos dijo:

—Vengan, que no es aquí. Es allá atrás.

Atrás lo que había era una casa de metal con ruedas que aquí llaman *trailers*, y dentro cuatro literas. Yo, por mi problema, en seguida pedí la de abajo, pero Mama no me entendió y puso mi gusano en la de arriba. Lo único que sabía decir en español era «sombrero» y «olé», pero lo decía a cada momento, y le daba muchísima risa. Todo le daba risa y estaba riéndose mucho después que se le acababan las ganas. A mí me cae mal la gente que se ríe tanto.

Por fin nos dijo:

—Adiós, amigos —y cuando ya iba a salir, levantó un brazo como si fuera una bailarina y dijo—: ¡Olé!

Por si acaso, no fuera a ser que ésta también estuviera loca como el abuelo, le pregunté al chiquito:

—A Mama parece que le falta un tornillo, ¿verdad?

—No, lo que pasa es que está tratando de caerte bien. Pero no; no es mala gente.

Entonces me dijo que se llamaba Juan Martínez y que era puertorriqueño, y yo le dije que me llamaba Jesús Lendián y era cubano.

—¿Jesús?

—Sí, Jesús.

—¡Ay, bendito! —dijo, y se echó a reír.

Juan se pasaba la vida diciendo «¡ay bendito!» y «no me ajore». «No me ajore» quiere decir «no te apures» o «no me caigas» en puertorriqueño. El puertorriqueño habla español, igual que el cubano, sólo que él dice *l* donde va *r*, como buscal, jugal y andal.

—Aquí no te puedes llamar Jesús. ¡Te vas a buscar una cantidad de líos! ¿Por qué no te cambias el nombre ya mismo?

—Porque ése es mi nombre, y no me da la gana.

—Bueno, chico, no te ajore. No te ajore. ¿Tú también eres huérfano?

—No; mis padres están en Cuba.

—¡Ah! —dijo, y miró al suelo.

Me dio pena y le dije:

—Es casi, casi como ser huérfano, porque ni los veo, ni sé si voy a volver a verlos.

Parece que entonces el que sintió pena fue él, porque me dijo que Mama y Mike eran buenos y nos tratarían bien, menos los sábados.

—¿Por qué los sábados?

—Porque los sábados toman mucha cerveza, y a Mike le da por pelear. Ese día lo mejor es perderse.

Entonces le pregunté que para qué eran aquellos barcos que parecían aviones, y me dijo que para viajar por encima de la hierba.

—Mike los alquila.

Le pregunté por las serpientes, y me dijo que eran para los turistas, y que tenía que tener mucho cuidado porque allí había cantidad de culebras y serpientes.

—Las malas malas, que si te muerden te mueres en cuatro minutos, son las corales. Más vale que aprendas a conocerlas, porque hay algunas corales que son buenas y otras son malas. Las que no hacen nada tienen una raya negra entre cada raya roja y amarilla. Las venenosas tienen las rayas rojas y amarillas juntas. ¿Entiendes? Tú, tranquilo. Lo que tienes es que fijarte.

Yo le dije que sí, pero lo que pensé fue en salir corriendo en cuanto viera una serpiente, no importa dónde tuviera las rayas. El tigre-gato que vi en la jaula no era ni gato ni tigre, sino ocelote. Juanito me dijo que por allí había muchísimos, y también jabalíes, puercos salvajes, venados y hasta osos. Me está pareciendo que Juanito es un poco mentiroso.

Cuando le pregunté cuánto hacía que estaba allí, me dijo que no se acordaba, pero que hacía muchísimo tiempo, porque su mamá se murió en Nueva York, y su abuela, después, se murió de vieja, y su papá debía de estar muerto también, aunque no estaba seguro, porque nunca lo había visto. El pobre, tan flaco, tan prieto y, además, tan huérfano. Pero a él parece que no le importaba mucho o ya se había acostumbrado, porque se pasaba la vida riéndose o cantando.

—Oye, Juanito, ¿y qué es un *foster home?*

—Eso es que el Gobierno le paga a alguna gente por cuidar chicos. Ahora, como somos cuatro, a Mike y a Mama les van a dar bastante dinero.

O sea, que éramos un negocio, igual que el restaurante, arreglar máquinas o los turistas que venían una vez al año a pasear en barco por la hierba y a comer hamburguesas de cocodrilo.

—¿De veras que son de cocodrilo?

—¿El qué?

—Las hamburguesas...

—¿Tú has visto vacas por aquí? ¡Claro que son de cocodrilo! Bueno, de caimán, que es más o menos lo mismo.

Esa noche, Juanito me demostró que era buen amigo mío. Resulta que me oriné y, el pobre, yo estaba en la litera de arriba y él en la de abajo. No fue adrede, porque me pasa durmiendo.

Cuando me despertó gritando:

—¡Eh, chico, aguanta, aguanta! —pensé que me iba a entrar a golpes, pero no; al contrario, lo que hizo fue echarse a reír y decirme mientras se secaba la cara:

—No te ajore, viejo. Yo también tengo el mismo problema. Por eso Mama te puso a ti arriba.

Desde entonces fuimos uña y carne.

Yo lo pasé bien con los Jones, y eso que casi nunca olían bien, a no ser los domingos que se bañaban, y que el perro tenía garrapatas. Mama se ponía a mirar la televisión y a quitárselas y si cogía una gorda hacía ¡paf! y la explotaba con las uñas. Luego, como si nada, se limpiaba las manos en el vestido. Yo ni muerto me comía las hamburguesas de cocodrilo hechas por ella.

Juanito y yo andábamos siempre juntos, y mi hermano y Joshua también. A veces nos íbamos a pescar, sobre todo los domingos, que venían cantidad de negros y negras viejos a pasarse el día pescando. Traían muchísimos negritos, y nos poníamos a jugar con ellos. Luego, su mamá o su abuela —no sé, porque a mí me cuesta mucho trabajo saber qué edad tiene la gente gorda— nos preguntaban si queríamos pollo frito. Yo siempre les decía que sí. Un día estábamos pescando con ellos, y Juanito me dijo:

—Mira, no te acerques al agua, que hay caimanes.

—Sí —le dije—, y una ballena y dos tiburones.

—¡Mira ahí!

Dos ojitos negros me miraban asomándose por encima del agua.

Juanito cogió una piedra, la tiró y el caimán abrió la boca, dio un coletazo y desapareció en el agua fangosa.

Cuando volvimos, Juanito le contó a Mike lo del caimán, y yo le dije que habíamos comido pollo frito con los negros. Mike me miró como si no me entendiera —era sábado, así que había tomado mucha cerveza—; luego se puso furioso y empezó a gritar:

—¡*Damm niggers!* ¡*Damn niggers!* —yo sabía que *dam* es una mala palabra y *nigger* suena a «negro», pero no entendí por qué Mike los insultaba, si ni siquiera los conocía. Juanito me explicó que Mike es un *red neck*, que quiere decir «cuello rojo», y es como le llaman aquí a los campesinos blancos, y que los «cuello rojo» no pueden ver a los negros ni en pintura. Mike tenía puesto en el restaurante un letrero que decía «Club privado», y Juanito me dijo que era para no tener que servir a los negros. Claro que si algún negro iba a la policía y lo denunciaba, Mike tenía que pagar una multa, a no ser que el policía también le tuviera odio a los negros. A mí todo esto me pareció muy extraño, porque yo en Cuba estaba acostumbrado a jugar con los negros del barrio, así que decidí seguir pescando con ellos cada vez que pudiera.

También me hice amigo de Osceola, el indio al que Mike le pagaba dos dólares por luchar con el cocodrilo cuando venían los turistas. En el invierno llegaban en sus automóviles de lujo; los hombres vestidos con pantalones rojos y verdes y camisas con palmas y dibujos, y las mujeres con sus vestidos de colorines. Casi todos eran viejos. Entonces, Osceola cogía al cocodrilo, que era un infeliz, y le abría la boca y lo viraba patas arriba y se le subía encima; lo fastidiaba tanto, que al fin el pobre cocodrilo le metía un coletazo. Mike era el que anunciaba y decía cantidad de mentiras: que el cocodrilo había matado a dos hombres, que era una fiera y que sólo el gran Osceola tenía el valor de meterse en su jaula. Los viejos se lo creían todo y aplaudían como locos y hasta pagaban más si Osceola metía la cabeza en la boca del cocodrilo. Cuando al fin dejaban al pobre infeliz cogiendo sol y con los ojos medio cerrados, Mike se llevaba a los viejos a pasear en aquellos barcos con motores de avión por la hierba alta y les cobraba otros cinco dólares. Mientras, iba diciendo que por allí todavía quedaban indios feroces y que hacía como treinta años le habían prendido fuego a la casa de un señor muy conocido. Después los llevaba a comer las hamburguesas de cocodrilo que hacía Mama y a tomar cerveza. Los viejos se ponían contentísimos y se retrataban con Osceola y el cocodrilo.

Un día, Osceola me llevó a su casa, que está en un pueblecito junto a la carretera 41. Cerca hay un edificio moderno, con un letrero que dice: «Centro Cultural de la Tribu Micosuki», para que se vea desde la carretera, pero las cosas de los indios casi siempre son una porquería, de palmas y yaguas[5], igual que los bohíos[6] de Cuba. No tienen ni paredes; sólo techo. A la entrada del pueblo hay una tienda con un tótem delante, donde la mamá de Osceola vende cosas hechas por los indios. El tótem es un palo de madera tallado con la cara de un indio y una serpiente enroscada y unas cosas a los lados que

---

[5] Yagua: hoja de palma. *(N. del E.)*
[6] Bohío: vivienda típica de los campesinos de Cuba. *(N. del E.)*

parecen alas. En ese pueblo nada más vive la familia de Osceola. Sus padres tienen una casa, es decir, un techo, y cada uno de sus hermanos tiene otra igual y todas están alrededor de un espacio vacío. Una de las casuchas es la cocina, pero lo que tienen es una hoguera de leña, que siempre está encendida.

La mamá de Osceola era una india bajita y tiesa, como si le doliera el cuello y no pudiera moverlo bien. Tenía las cejas pintadas con un lápiz, primero rectas, y luego con una curva hacia arriba. No sé si sería porque le parecía bonito. Cuando me saludó, se quedó muy seria; pero dijo que sí con la cabeza y me habló en indio. Luego se puso a coser tiritas de todos colores en una máquina como la de mi abuela.

El padre de Osceola se llamaba Homero. Tenía el pelo lacio y largo, la cara llena de arrugas muy hondas y la piel como de cartón.

Estaba en su casucha tallando madera con un cuchillo. Él era quien hacía las hachas, tambores y totems que vendía su mujer en la tienda. Parecía estar muy lejos, aunque a lo mejor no quiso mirarme para que no lo molestara. Cuando levantó la vista, porque Osceola le habló de mí, vi que tenía los ojos chiquitos, muy negros, y como llenos de rabia. Hizo como si no hablara inglés. Parecía muy cansado o muy triste, o no quería darme confianza. Todo el tiempo estuvo trabajando sin decir palabra.

Cuando ya me iba, que le di la mano y le dije: «Adiós, señor», se quedó mirándome fijo y por un momento me pareció que se había sonreído.

A la salida, vi un letrero que decía: «Entrada: 50 centavos.»

—Eso —me dijo Osceola— es lo que le cobramos a los turistas.

Yo pensé lo pesado que debe de ser que uno esté en su casa, y venga gente que no conoces y pague por mirarte, como si fueras un mono.

—Qué —me preguntó Osceola—, ¿mi padre habló contigo?

Le dije que no con la cabeza.

—¿Te extraña?

Me encogí de hombros en vez de decir no sé.

—Tú esperabas ver a un indio con plumas en la cabeza dando brincos alrededor del fuego, ¿no?

Le dije que no, pero sí.

—Los indios tenemos razón en ser desconfiados y tristes, como mi padre.

—¿Él sabe inglés?

—¡Lo habla mejor que yo! Y sabe mucha historia. Él es el que enseña a los nietos.

—¿No van al colegio?

—No. Mi padre no quiere que vayan.

—¿Por qué?

—Para que no aprendan las cosas malas de los blancos. Además, si aprenden las costumbres de los blancos, pierden las nuestras. Si acaso, va uno: el más inteligente, para que pueda escribir y ocuparse de los asuntos de la tribu.

—Entonces, ¿los demás no aprenden nada?

—Al contrario, aprenden mucho.

—¿Como qué?

—Las cosas nuestras. Nuestros cuentos, nuestra historia. Además, cualquier niño indio sabe cazar y pescar mejor que un niño blanco.

—Pero ¿aquí en Estados Unidos no hay una ley que dice que todos los niños tienen que ir al colegio?

—Nosotros no somos parte de los Estados Unidos —me dijo, casi con orgullo.

Lo miré extrañado.

—Somos una nación aparte. Y queremos seguir siéndolo.

—¿Osceola?

—¿Qué?

—¿A ti tampoco te gusta la gente blanca?

—Algunos sí. Pero la mayoría no han sido buenos con nosotros.

Entonces me contó su historia.

Hace mucho tiempo, los indios seminoles y micosukis [7] habían venido del norte huyen-

_____

[7] Seminol, micosuki: a todos los indios de la Florida se les llama seminoles, aunque pertenecen, por su

do de los blancos y decidieron quedarse en la Florida, donde casi no había más que pantanos, con tal de ser libres. Pero, cuando ya tenían sus pueblecitos y sus siembras, los blancos decidieron venir a colonizar y empezaron a coger a los indios y a embarcarlos para el oeste a un lugar que se llama Oklahoma. Lo mismo cogían a una familia completa, que a los hijos o a los padres y los embarcaban y nunca volvían a saber los unos de los otros. Los indios lucharon muchísimo. Las guerras de los seminoles contra los blancos duraron más de cien años.

—Uno que se llamaba Osceola...

—¿Se llamaba igual que tú? —lo interrumpí.

—No —me dijo Osceola—; yo me llamo como él.

Osceola luchó toda la vida, pero nunca le pudieron ganar; entonces, los blancos le dijeron que iban a hacer un pacto y lo llevaron a ver si lo firmaba. Osceola se acercó a la mesa, sacó su cuchillo, rajó el papel y dijo que ésa era la única firma que los blancos iban a conseguir de él. Al fin lo mataron y le arrancaron la cabeza después de muerto. Los indios siguieron con sus

_____

origen, a tribus distintas. Suelen hablar el idioma muscogee, menos los micosukis, que hablan el idioma hitchiechi.

guerrillas y los americanos mandaban ejércitos y no podían dominarlos. Por fin, cuando ya no sabían qué hacer, separaron tierras que llamaron *reservaciones* y obligaron a todos los indios a vivir allí, aunque no quisieran. Muchos dijeron que era como estar presos y huyeron más al sur de la Florida. Pero aquí no había más que agua, fango, cocodrilos, mosquitos y un calor de todos los diablos, y empezaron a morirse como moscas, hasta que no quedaron más que quinientos.

—Entonces —terminó Osceola—, como no teníamos tierra donde sembrar, decidimos hacer nuestros pueblos junto a la carretera y ganarnos algún dinero vendiendo cosas a los turistas. Nos habían quitado todo, y aún no nos dejaron en paz. Hace unos años me llevaron preso, porque decían que junto al poco maíz que pude sembrar, había sembrado marihuana. ¡Todavía un tipo como Mike dice que somos feroces y que le prendimos fuego a la casa de un blanco! ¿Ahora comprendes, niño?

—Sí —le dije.

Antes de despedirse, como si quisiera decirme que podía ser mi amigo, me dijo:

—Mi tatarabuelo era hijo de español con india. Su padre era pescador y lo llevó a bautizarse a La Habana. Por eso mi padre se llama Homero.

Se quedó pensando un momento y añadió:

—Quizá tú no te des cuenta todavía, Kike, pero entre nosotros, los indios, y ustedes, los cubanos, que estáis llegando, hay algo en común o debiera haberlo. Quizá ustedes pudieran aprender con nosotros a no perder nunca lo suyo.

Cuando llegué a casa de Mike, Juanito salió a recibirme con mil preguntas: ¿Viste al viejo? ¿Te habló? ¿Te dijeron cuándo es la Fiesta del Maíz? Tenía más ganas de estar solo que de contestarle. Me parecía que había estado muy lejos, casi en otro mundo, o que, de pronto, alguien me había abierto uno de esos cuartos que hay en las casas, donde se guardan cosas viejas y todo huele a moho, y casi parece que hay fantasmas.

Osceola siguió siendo mi amigo y me contaba cosas que a veces me parecían extrañas. Él cree que hay unos hombres chiquitos, como del tamaño de mi mano, que viven en la tierra y salen por la noche a divertirse y a hacer maldades, y que hay que ponerles vasijas con leche para que no pasen hambre. También habla de unas serpientes enormes y que hay que tener cuidado de no encontrarse con ninguna, porque dan mala suerte.

Me contaba que antes los indios no usaban pantalones vaqueros, sino sayas; hacían canoas con troncos de árboles y no enterraban a sus muertos en los cementerios, como

69

ahora. Cuando murió su abuelo, en vez de enterrarlo, lo llevaron adentro, lejos del pueblo, y lo dejaron en una especie de casita como la de ellos, con cuatro palos y un techo. Después, la familia fue trayendo su pipa, su escopeta, sus vasijas y las rompieron, porque así morían también y se iban con el muerto por si las necesitaba.

Yo pienso en la gente que pasa por aquí en sus automóviles o en sus aviones. No saben nada, y a nadie le interesa tampoco saber cómo son de verdad estos indios, ni cómo viven.

A esta parte donde yo vivo con Mike y Mama, la llaman los Everglades. En la temporada viene mucha gente a cazar. Hay una cosa que yo no entiendo: si matas un águila te ponen una multa, y por donde quiera hay unos letreros pegados prohibiendo que las maten. No sé si será que quedan pocas. Aunque también quedan pocos indios y no han puesto ningún letrero... Si matas un venado fuera de temporada, también te ponen multa, pero una vez al año dan permiso y, entonces, se pueden matar todos los venados que se quiera, a no ser los muy chiquitos o las hembras que van a tener hijos.

Cuando empieza la temporada de caza, esto se llena de gente que viene en camiones o en unos tractores con unas ruedas enormes que no se hunden en el fango. Traen escopetas buenísimas y perros de esos que se paran y huelen donde hay venados.

Un día nos invitaron a Juanito y a mí a ir de cacería, y me divertí cantidad paseando en los tractores y tirando. Un médico cubano, que ya tenía dinero para gastárselo en rifles y balas, me enseñó a tirar. Llevaba unos perros de raza que son carísimos. Juanito dice que hasta los mandan a estudiar a unas escuelas especiales. Yo pensé que era cuento, pero el cubano me dijo que él había mandado a dos perros suyos a estudiar a Nueva York. A mí me parece que los que deben ir al colegio son los niños y no los perros, pero no se lo dije, porque la verdad es que me estaba divirtiendo y, a lo mejor, no le gustaba que se lo dijera.

De madrugada, el médico puso a asar un lechón, y todo el mundo se sentó alrededor a cantar canciones cubanas. Me parecía que estaba en la finca con mis padres. Lo pasé muy bien hasta que mataron a un venado y le amarraron las patas a un palo para llevárselo. El venado tenía los ojos abiertos; iba goteando sangre. Entonces, los hombres me cayeron mal, aunque eran cubanos, y pensé que la próxima vez, antes de que empezara la cacería, Juanito y yo íbamos a espantar a todos los venados. Por suerte, dice Juanito que hay una vieja rica que se pasa la vida pidiendo que prohíban la caza de los venados y que habla con los políticos y todo, pero parece que a la mayoría de la gente le gusta más matar venados que verlos vivos.

Aquí, a los Everglades, también vienen cantidad de motos. A veces, sin exagerar, hay como cien motos. La gente que las monta lleva casco negro y chaquetas de cuero negro y unas gafas como las de los pilotos en las películas viejas, y casi no se les ve la cara. A veces, no se sabe si son hombres o mujeres, porque se visten igual y llevan el pelo largo. Gracias a las motocicletas encontré a Paco.

El pobre salió a la carretera y, como era chiquito y estaba oscuro, no lo vieron y lo arrollaron. Juanito y yo lo recogimos, lo curamos y lo pusimos en una jaula. Paco es una *racún*, pero yo no sé cómo se dice en español. Eso es lo malo, que todavía no sé inglés y ya se me está olvidando el español. Juanito dice que es un mapache, pero como a veces inventa lo que no sabe, mejor se lo describo. Es un animalito con pelo, parecido a una ardilla. Tiene la cola grande y una mancha negra alrededor de los ojos, como un antifaz. Lo que más me gusta de Paco es que tiene, en las patas de delante y en las de atrás, como unas manitas con uñas y todo. Cuando le daba leche en biberón era cómico ver cómo lo agarraba con las manos. Ya después se hizo grande y entonces Osceola me dijo que los animales y los hombres no deben estar presos, y que hay que criarlos para que sepan ser salvajes, porque si no, no aprenden a defenderse. «Los animales no son juguetes, Kike», me dijo, pero yo pensé que éste lo parecía y, como desde que salí de Cuba nadie me hacía regalos, a no ser la navaja de Toni, y ya iba a ser mi cumpleaños, podía quedarme con él. Osceola insistió que si de veras yo quería a Paco, tenía que soltarlo para que aprendiera a ser libre. Paco se me prendía a la camisa con las uñitas, como si supiera que Osceola me iba a convencer. Me dio pena, porque le había cogido cariño, y le expliqué:

—Mira, Paco, Osceola tiene razón. Ya vas siendo grande y tienes que aprender a arreglártelas tú solo; si no, nunca vas a ser un *racún* o un mapache o lo que seas, como los demás.

Le abrí la jaula y le dije adiós, pero a la mañana siguiente lo encontré otra vez metido en la jaula, y se puso muy contento cuando me vio. Entonces, Juanito y yo decidimos que para que de verdad aprendiera a ser libre debíamos llevarlo lejos, donde no pudiera encontrarnos.

Un día, en uno de esos viajes que Mike hacía con los turistas en el bote-avión, cogimos a Paco y nos lo llevamos. Cuando paramos en una especie de islita —que era

73

·donde Mike decía siempre que había habido un campamento de indios bravos y ya sólo quedaban los restos— me bajé con Paco. Aquí, aunque casi todo es pantano, también hay algunos lugares secos, como esa isla que digo, y uno no se hunde en el fango. Dejé a Paco debajo de unos árboles, donde yo pudiera venir a los pocos días a ver cómo andaba. Cuando Mike arrancó el motor y ya nos íbamos, el pobre se quedó levantando el hocico y oliendo el aire. Parece que se dio cuenta que de verdad lo dejábamos solo.

A la semana hubo fuego. Aquí en el verano llueve tanto, que todo se inunda y los campos parecen lagos. A veces, no se puede ni salir de las casas. En cambio, en el invierno no llueve nada. Los árboles se secan, y por cualquier cosa —un fósforo que alguien tira o un pedacito de cristal que se calienta mucho— empieza un fuego. Se enciende un árbol y otro y otro, hasta que el fuego se extiende y todo el campo arde. Por donde quiera que miras, ves el humo negro y la candela roja y las chispas saltando como si fueran fuegos artificiales. A veces, los fuegos duran días y nadie los apaga. Después queda toda la yerba quemada y los árboles secos, cubiertos de ceniza y muchísimos animales muertos. Por eso, cuando vi fuego en la islita donde habíamos dejado a Paco, llamé a Juanito, que estaba durmiendo:

74

—Oye, tú, ¡despiértate, que hay fuego! ¡Tenemos que salvar a Paco!

Juanito dijo «¡ay bendito!» y se vistió en seguida. Entonces llamamos a Toni y, sin decir nada a nadie, nos montamos en el bote-avión. Al principio, para que Mike no pudiera oírnos, nos fuimos empujando con los remos. Después encendimos el motor. Cuando llegamos a la isla, vi al pobre Paco todo rodeado de candela, muerto del susto y seguro de que iba a morirse. Mi hermano me gritó:

—¡No, Kike, no seas bruto!

Pero yo salté de todas maneras, crucé por donde la candela estaba más baja, agarré a Paco y salí corriendo. La camisa me cogió fuego. Me revolqué en la tierra y Juanito y Toni me echaron encima una manta mojada, pero de todos modos me quemé la espalda y me salió una ampolla feísima. Cuando llegamos a la casa, Juanito y Toni me pusieron hielo y aceite, porque me dolía tanto, que no podía dormirme.

Desde entonces tengo a Paco en una jaula con la puerta abierta, pero nunca ha querido irse. Sale, da su paseíto, se sube a algún árbol y en cuanto se hace de noche, él solo se mete en su jaula. Cuando Osceola volvió a decirme que lo dejara suelto, le dije que yo no podía obligarlo a que se fuera, porque igual que a mí no me gustaba que me obligaran a hacer una cosa que no quería, tampoco estaba bien obligar a Paco. Además, hay mucha gente que no es libre y no les queda más remedio que conformarse. Yo, por lo menos, lo trataba bien.

Al otro día, en cuanto Mike miró el bote, preguntó:

—¿Quién diablos anduvo con el bote?

Yo no sé cómo se dio cuenta. Sería porque lo amarramos mal.

—¡Fueron ellos! —se chivó Joshua, que nos ha cogido rabia porque hablamos en español y no nos entiende.

Mike se puso furioso, se quitó el cinto, y ya venía directo a pegarnos, cuando Mama se puso delante de nosotros, como una gallina, y le gritó:

—¡Mike! ¡Mike! ¡Ni se te ocurra, que nos quitan a los niños!

Por eso, y por lo que yo dije, y por Tawami nos sacaron de aquí.

Resulta que a Toni empezó a gustarle Tawami, una india micosuki. Parece que la gente cuando se enamora se pone medio boba, porque a Toni le dio por oír música y se pasaba la vida con la radio de pilas pegada a la oreja. Si uno le hablaba, se quedaba en el limbo y ni contestaba. Nunca quería salir a jugar con nosotros, no fuera a ser que Tawami viniera a casa de Mike. Se me había olvidado decir que Mike le compraba a los

indios monederos, cinturones, collares y por-
querías de esas que compran los turistas.
Tawami venía como si fuera a traerlas o a
cobrar, pero lo que de verdad quería era ver
a mi hermano. Si pasaban dos o tres días y
no la veía, Toni se caminaba cinco leguas
hasta el pueblo donde Tawami vivía con sus
abuelos. Yo creo que iba con Joshua, porque
le tenía miedo al hermano de Tawami, un
indio grande y con mal genio que pescaba
con un arpón. Los indios no quieren que sus
mujeres se casen con blancos, porque como
quedan tan pocos, en veinte años no habría
indios indios. A Toni no le importaba nada
de esto, y yo creo que hasta se hicieron novios.

Un día, estaba yo jugando con Paco, cuando viene Juanito corriendo y me dice:

—¡Ay bendito, la que se va armar! ¡Por
ahí viene el hermano de Tawami y Toni está
con ella!

—¿Dónde?

—Allí, debajo de ese árbol. Mira.

Salimos los dos corriendo para avisarle a
Toni, pero cuando los vi, no dije ni jota. Toni
tenía abrazada a Tawami y le estaba dando
un beso como los de las películas.

Juanito sí gritó:

—Toni, suéltala, ¡que te vas a meter en
un lío!

Toni no hizo caso.

Juanito me explicó el rollo que se iba a

buscar Toni, porque si a los indios no les gustaba que sus mujeres se casaran con blancos, requetemenos les gustaba a los blancos que sus hijos se casaran con indias.

—Fíjate que hace años un tipo blanco dio una paliza a tres indias, porque se habían ido a un baile con su hijo. Hasta en el periódico salió. Osceola tiene guardado el recorte.

Le metí tremendo chiflido a Toni. Tawami salió corriendo, y esa vez no pasó nada, pero si nos llegamos a quedar en casa de Mike, seguro que sí pasa.

Por mí, yo me hubiera quedado con Mike en los Everglades, a pesar de los fuegos, las tormentas, las garrapatas y las hamburguesas de cocodrilo. Por lo menos, allí nadie estaba detrás de mí para que hiciera esto o lo otro, ni nos obligaban a ir al colegio si no queríamos. Además, yo solo había aprendido muchísimo. Ya era el que recibía a los turistas y les contaba lo peligroso que era el cocodrilo y que el gran Osceola era el único capaz de dominarlo. Lo decía de memoria y todos se reían de mi acento. Mike me había enseñado a manejar el bote-avión, y cuando viajábamos sobre la yerba me hacía la idea que de veras tenía mi avión y que el cielo era verde.

Ya había perdido el miedo a las serpientes y conocía a todos los pájaros. Los carpinteros, que son chiquitos y cabezones, me daban risa, porque trataban de posarse en los alambres y se iban de cabeza. También aprendí a reconocer a muchos pájaros por el vuelo. Las golondrinas vuelan sin dirección, como locas, y cuando son muchas, parece que es el cielo el que se está moviendo. De cerca, las auras tiñosas son feísimas y comen carne podrida; pero allá arriba, cuando vuelan, se deslizan sin mover las alas y van y vienen tan tranquilas, que da gusto verlas. En cambio, los pobres patos que vienen huyéndole al frío, no paran de darle a las alas.

Las que más me gustan son las garzas blancas. Al atardecer se posan en la punta de las palmas enanas o en los pinos y se balancean. Luego estiran el cuello largo y se quedan así, sin moverse, como si alguien estuviera tomándoles una fotografía. Otras caminan con sus patas largas sobre la yerba, muy despacio, y mirando u oyéndolo todo. A veces estiran una pata, abren un ala y se quedan así, quietas, como bailarinas.

Cuando uno viene por primera vez a los Everglades, sobre todo si está lloviendo, parece muy feo; pero después le vas cogiendo el gusto a ese campo chato, sin una sola loma, con sus palmas enanas y sus árboles flacos y sus canales que parecen ríos. Al atardecer el cielo se pone rojo como en los incendios y se llena de nubes altas y finitas o no hay ninguna; entonces, el sol se queda

79

solo como una bola ardiendo, hasta que baja despacio y queda la mitad, y luego un filo, y luego nada.

Mike y Mama no nos trataban mal, pero eran un par de borrachos. Los sábados se pasaban horas mirando la televisión y tomando cerveza hasta muy tarde. Luego, se dormían hasta el día siguiente, y no se ocupaban de nosotros.

Un domingo, a eso de las doce, se presentó la mandamás que nos había llevado allí, tocó la puerta y Mike se puso furioso, porque estaba durmiendo y no quería que lo molestaran. Salió con los ojos rojos y hablando con la lengua medio enredada de tanta cerveza como había tomado. Así y todo, le dijo a la señora que no fastidiara más con sus visitas y se fuera al infierno. En español suena mal decirle a alguien que se vaya al infierno, pero parece que en inglés suena peor. Después cogió impulso y le dijo a la señora que para la porquería que le pagaba el Gobierno por tenernos allí, él no tenía que estar aguantándola y dijo muchos *dam* y *jel,* que son malas palabras. Para terminar, dijo una palabra que suena como playa en inglés, pero que no es playa, sino algo que no se le debe decir nunca a una señora decente y menos a una que, además, manda.

La señora se quedó tiesa. Lo único que decía era:

—¡*Disgusting!* ¡*Disgusting!* —que es lo que dice la gente fina aquí cuando algo les parece muy mal.

Juanito me echó a mí toda la culpa, porque cuando la señora fue a buscarnos y me preguntó si ya habíamos ido a misa, le dije:

—No, si nunca vamos —después de todo era la verdad.

—¿Y qué es eso que tienes en la mano?

—¿Esto?

—Sí, eso; eso mismo.

Pensé si sería boba, pero le contesté:

—Una lata de cerveza.

—¿Y ese señor les da cerveza?

—No, no siempre. Cuando hace mucho calor.

Por poco le da un patatús.

—A ver, llama a tu hermano.

—No está aquí. Se fue a ver a Tawami.

—¿A Tawami? ¿Y se puede saber quién es Tawami?

—Su novia.

—¡Pero ese nombre suena indio! —protestó.

—Sí, claro, porque ella es india. Micosuki. Pero no se preocupe; va a tener que dejarla. Ya el hermano de ella le dijo a mi hermano que si los volvía a ver juntos, lo mataba.

—¡Ay, Dios Santo! ¡Virgen Santísima! —dijo la señora, y se llevó las manos a la cabeza.

Cuando le conté a Juanito lo que había pasado, me dijo:

—¡Ahora sí que lo fastidiaste todo!

—¿Por qué?

—Primero, porque aunque nosotros no vayamos, el domingo hay que ir a misa; segundo, aquí nadie puede tomar cerveza antes de los dieciocho años, porque está prohibido. Además, metiste la pata diciéndole lo de Tawami. Ahora seguro que se los llevan de aquí. ¡Lo fastidiaste todo! Prepárate, porque ahora vienen a buscarlos. Aquí no se quedan. ¿Por qué demonios no te callaste la boca? ¡Estúpido!

Juanito nunca me había hablado así.

Terminó con los ojos llenos de lágrimas y tirando piedras al canal con furia:

—¡Idiota! ¡Por tu culpa voy a quedarme solo!

Esa misma noche y, por si venían no me encontraran, cogí unos panes y dos latas de cerveza y me escondí en la misma isla donde antes había llevado a Paco. Casi estaba decidido a quedarme allí como Robinson Crusoe, pero empecé a oír sirenas de perseguidoras y ladrido de perros. Me estuvieron buscando hasta con linternas y por poco salgo en los periódicos; sobre todo, si hubiera llegado a morirme. Pero no llegué, porque decidí que más me valía volver, y volví.

Cuando llegué a la casa, Mike estaba

hablando con la doña y dos policías se llevaban a Toni.

—¡Toni! ¿Adónde vas? ¿Dónde te llevan? —grité. Sentía miedo y rabia y hasta ganas de matar a alguien.

—¿Dónde estabas metido? —me preguntó Toni. Por primera vez, me pareció que de verdad era mi padre.

—Óyeme bien, Kike. Esta gente te ha conseguido un lugar muy bueno, en casa de un médico. Ya la hiciste; ahora déjate de boberías, recoge y vete con ellos.

—¿Y tú, Toni? ¡Yo quiero ir donde tú vayas! Entonces, me trató de usted:

—¡Usted se va donde yo diga y se porta bien!

—¡No, Toni, no! ¡Perdóname! ¡Yo no lo hago más! —le dije; pero no se me oyó bien, porque estaba llorando.

Se acercó y me puso la mano en la cabeza:

—Ve y recoge, Kike. Yo voy a tratar de llamarte y de ir a verte cada vez que pueda. Vamos, que te están esperando.

—¡Yo no voy a ningún lado, coño! —dije, y le metí una patada a una lata de gasolina.

Cuando me subieron al automóvil dije que se fueran al diablo todos. ¡Al diablo! No le dije adiós a Toni ni a Osceola, ni a Mike ni a Mama. A nadie. Ni siquiera a Paco. Pero cuando vi a Juanito que me miraba con su cara de huérfano y levantaba la mano, me dio rabia, le metí un trompón a la ventanilla y grité:

—¡*Hell*! ¡*Hell*! ¡*Damnyou*! —así, en inglés, para que me entendieran bien los policías.

La doña me miró y se quedó callada. Kilómetros y kilómetros callada, mientras pasábamos todos los pueblos de indios y los campos de hierba, y los negros pescando en los puentes. Ya cuando estábamos entrando en Miami, me preguntó:

—¿A ti te gusta nadar, Kike?

No me dio la gana de contestarle, pero ella siguió:

—En casa del doctor Hamilton tienen piscina.

Dije «no me importa» con los hombros. Entonces me puse a mirar para afuera y a pensar para adelante y no para atrás, que ayuda mucho. Empecé a fijarme en los automóviles, como hacía cuando viajaba con mi papá. Me entretuve y me puse a pensar cosas. Vi un Mercedes-Benz blanco, y yo algún día iba a ser ingeniero y a comprarme uno. De ésos que hasta se les abre el techo. Y un yate. Un yate también. El caso es que cuando entramos por una calle que se llama Galloway, ya casi era millonario.

La casa del doctor Hamilton queda en un lugar donde nada más vive gente rica. Se llama Coral Gables. Las casas son grandísimas, con mucho jardín, y en todas las calles hay unos arbolones que dan mucha sombra y flamboyanes [8] llenos de flores anaranjadas. (En el resto de Miami las casas parecen cajas de cartón, y como casi todos los repartos los acaban de fabricar, lo que hay son unos árboles flacos, que todavía no se sabe si se van a morir o no).

La casa del doctor Hamilton queda a mano derecha, un poco después del semáforo donde empieza Coral Gables. Es una muy lujosa, cubierta de hiedra, y casi todos los cubanos, cuando acaban de llegar y no tienen ni trabajo ni nada, dicen que algún día se la van a comprar.

Este barrio lo hizo un señor que le gustaba mucho España y los españoles. Todas las calles tienen nombre en español, o que son disparates, pero suenan a español, como Samana, Calabra y así. Las que de verdad tienen nombres españoles, como Hernando de Soto y Ponce de León, son un lío, porque los americanos no saben pronunciarlos y dicen *jernandoudisouto* y *ponsdilion*, y no hay quién los entienda.

En Coral Gables hay muchos sinsontes. Después me enteré que todos vinieron de Cuba, hace años. Bueno, los abuelos de estos sinsontes. Parece que un presidente de Cuba

---

[8] Flamboyán: árbol tropical que se caracteriza por profusión de flores anaranjadas. *(N. del E.)*

86

era amigo del tipo que se le ocurrió hacer Coral Gables, y le mandó un millón de parejas de sinsontes. Quizá no fuera un millón, pero da igual. Me lo contó el doctor Hamilton. El caso es que son cubanos.

Cuando entré a la casa, me quedé con la boca abierta. ¡Una de muebles y lámparas y jarrones! Entonces me di cuenta del tiempo que hacía que yo no entraba en una casa limpia y arreglada. ¡Qué rico pisar alfombras! Por donde quiera que miraba había ventanales de cristal y árboles; y más allá la piscina, tan larga que parecía un lago.

La señora Hamilton me recibió con ganas. Era flaca y olía bien. No sé cuántos años tendría. Aquí uno no se puede fiar, porque dice Juanito que todas las mujeres ricas, cuando se empiezan a poner blanditas y arrugadas, se hacen una operación, las estiran y quedan como si las plancharan. La cicatriz se ve detrás de la oreja, pero por más que traté nunca pude vérsela a la señora Hamilton. Yo creo que se la escondía con el pelo suelto. Seguro que no era muy joven, porque tenía un dedo jorobado para abajo, como mi tía Juana, que no dice la edad aunque la maten.

Como yo había decidido no creer en nadie, pensé que era una vieja hipócrita, pero luego me di cuenta que no era exagerada como Mike. Casi me sonó como si el Gobierno no le fuera a pagar por tenerme en su casa. En seguida llamó a Tessie y a Julie, que eran sus dos hijas, para que me saludaran.

Las chiquitas tenían el pelo rubio y los ojos azules y estaban muy desarregladas, como está la gente desarreglada, porque les da la gana y no porque no tienen otra cosa mejor que ponerse. Se acercaron y me dijeron «¡Hi!», que es como se saluda la gente aquí. Después le preguntaron a su mamá si de verdad yo me llamaba Jesús, y se echaron a reír.

Entonces, la señora Hamilton me dijo que me iba a enseñar mi cuarto y subimos por la escalera ancha y alfombrada. Cuando abrió la puerta, me pareció que entraba en un salón de baile. No había literas, sino una cama con colchón y todo. También vi un televisor en color y unas repisas con bates y pelotas y juegos de varones. Desde la ventana se veía la piscina. Yo estaba contentísimo, pero no dije nada, no fuera ella a pensar que yo nunca había tenido un cuarto mío.

—Mañana saldremos para que te compres tu traje de baño y lo que necesites para ir al colegio...

A mí la ropa de Cuba me quedaba chica y no usaba calzoncillos; ya se me habían roto, porque eran de tela vieja cuando me los hicieron nuevos. Yo tenía muchas ganas de que la gente no se diera cuenta de que era

pobre con sólo mirarme, pero tampoco quise decir nada, para que la señora Hamilton no pensara que era un muerto de hambre. Además, casi todos los ricos que yo he conocido después tienen cara de «no me importa», y ésa fue la cara que yo traté de poner.

A eso de las seis de la tarde llegó el doctor. Era un hombre alto, flaco, desgarbado. Llevaba gafas y tenía los ojos muy azules y cara de bueno. Como siempre estaba serio, cuando se reía era casi una sorpresa: se le ponía la cara contenta de verdad. Cuando me preguntó si yo era cubano, me dijo que él era irlandés, o más bien que lo eran no sé si sus padres o sus abuelos. Aquí nadie es de aquí. Todo el mundo es de Inglaterra, o de Alemania, o de Polonia o de Italia, hasta que se ponen las camisas de cuadritos y los pantalones vaqueros y hablan inglés sin acento. Entonces son americanos, y ya no importa. Algunos se cambian el apellido para parecer americanos, pero si tienen mucho acento, no les vale de nada. Yo nunca me voy a cambiar de apellido. Lo más que puede pasarme es que me digan Lindián por Lendián.

El doctor Hamilton tiene el pelo negro por arriba y gris por delante y por encima de las orejas, pero no se lo tiñe. Aquí hay muchos hombres que tienen el pelo color de ala de cucaracha. Es que se lo tiñen para parecer más jóvenes. Al doctor Hamilton en seguida se le nota que es médico, porque siempre se viste de blanco y está limpio, como si lo acabaran de desinfectar. Tiene las manos grandísimas, y las mueve muy despacio. Será porque es oculista, y como los ojos son tan chiquitos, hay que tener mucho cuidado para operarlos. Tiene la costumbre de mirarte a los ojos con mucha atención; será para ver si uno es miope o algo así. A lo mejor no; a lo mejor es como Tata Amelia, que nada más con mirar a una persona de frente dice que sabe si está diciendo verdad o mentira.

En cuanto llegó me dio la mano, y, antes de que yo hablara, ya parecía que me estaba escuchando. Algunas personas tú les hablas y te miran, pero te das cuenta que no te están oyendo; o si te oyen, les importa un pito lo que dices. El doctor no. Te oía y te miraba. Y cuando estabas con él, te parecía que nada en el mundo le interesaba tanto o era más importante que tú. Me hizo muchas preguntas sobre mi familia y cómo era La Habana. Hacía mucho tiempo que yo no hablaba de mis padres, y al principio me puse muy contento y le conté que mi padre me había enseñado a jugar a la pelota. También le iba a hablar de mi hermano Toni, pero no sé, no pude. El doctor me dijo que si yo quería le llamara John, pero a mí me demoró mucho tiempo dejar de llamarle doctor Hamilton. También me dijo que a él le encantaba el español y que lo estaba estudiando, porque muchos de los viejos que él trataba era cubanos.

—Si quieres, puedes ayudarme y hablamos español para practicar.

Era la primera vez que alguien me decía que le gustaba el español. Más bien, hasta entonces, todo el mundo me decía que no lo hablara. Así, como yo tengo los ojos verdes y soy rubio, no se me notaba que era latino y era mejor para mí.

A las ocho comimos con mantel y servilletas en el comedor grande. La señora Hamilton sirvió unos bistés que parecían sábanas. Me costó mucho trabajo usar bien el cuchillo, porque desde que vine de Cuba no comía más que perros calientes y hamburguesas o el pollo frito que me regalaban los negros. También pude comer todas las papas fritas que quise y un helado riquísimo, con un sirope de chocolate que primero era blandito y luego, a medida que comías, se iba poniendo duro.

Tessie y Julie me miraban y se reían; no sé por qué. Lo único que hice mal fue que se me cayó un poco de helado en la camisa y, como estaba tan rico, lo recogí con la cuchara y me lo comí.

Después de la comida, el doctor se puso a leer, y la señora, las niñas —que no son tan niñas— y yo estuvimos mirando la televisión. No era mi familia, pero me lo parecía.

A las diez nos dijeron que nos fuéramos a acostar, que al día siguiente empezaba el colegio. Lo que no me gusta es que aquí, para despedirse, aunque sea hasta mañana, se besan en la boca: el papá, y la mamá y las niñas. Yo puse la mejilla, porque mi abuela dice que besarse en la boca da tuberculosis y transmite microbios. Yo, por si acaso, no beso a nadie en la boca. Tampoco nadie me ha besado a mí desde que llegué de Cuba. El doctor parece que no quería forzarme a hacer nada que yo no quisiera, y me dio la mano.

La señora Hamilton subió conmigo, me sacó un pijama que todavía tenía puestas las etiquetas de la tienda, me llevó al baño, me dio unas toallas nuevas y abrió la ducha. Supongo que quería que me bañara a esa hora, porque me señalaba el agua. Pero si uno se baña acabado de comer, se le vira la boca y le da un soponcio. Por lo menos, eso era lo que me decía mi abuela. Mi mamá, cuando íbamos a la playa, no nos dejaba meternos en el agua hasta tres horas después de comer.

—*Come on* —o sea, vamos, me decía la señora en inglés, y volvía a señalarme la ducha.

Yo no sabía cómo explicarle que se me

93

viraba la boca, y tampoco sabía decir soponcio en inglés. Lo que se me ocurrió fue virar la boca yo, para que me viera, y decirle:

—No, no; *danger, danger* —que quiere decir peligro.

No me entendió. Seguramente pensaba que yo era un cochino y que no quería bañarme. Al fin, me regañó con el dedo, volvió a señalarme la ducha y salió cerrando la puerta.

Yo me lavé muy bien las manos y la cara y me pasé una toalla por el resto del cuerpo. La verdad es que era una lástima morirse en una casa tan bonita, con piscina y comiendo bistés. Abrí bien la ducha para que la señora Hamilton la oyera. Después, salí con el pelo mojado y el pijama limpio y me metí en la cama. Cuando ya me estaba quedando dormido, vino el doctor, me miró como si yo le cayera muy bien o él tuviera muchas ganas de tener un hijo suyo. Me puso la mano en la frente, apagó la luz y me dijo:

—Buenas noches, hijo —en español.

Se me hizo un nudo en la garganta y le hubiera dicho «buenas noches, papá», pero no pude.

Al día siguiente desayuné con huevos, tocino, pan y café con leche. También me ofrecieron una cosa que sabía a paja y no me la comí. Después, el doctor Hamilton me llevó a un colegio grandísimo y me presentó a la directora, que parecía un palo con peluca. Le dio la mano al doctor y a mí me miró como si fuera un piojo. Luego me puso el brazo por detrás, pero yo me di cuenta que lo hacía por hacerse la fina delante del doctor.

En el colegio había bastantes cubanos con papá y mamá y en seguida se hicieron amigos míos. Algunos americanos me saludaron, y otros me dijeron *spic*, que es como les dicen aquí a los que hablan español, y empezaron a reírse.

La primera maestra que me tocó era una vieja inglesa que tenía puesto un vestido de florecitas y zapatos de cordones. Se llamaba señora Chippy. La pobre, parece que hacía tantos años que era maestra, que todo lo explicaba dos veces muy despacio, aunque fuera una bobería. Cuando me preguntó mi nombre y le dije que me llamaba Jesús Lendián, no me dijo nada, pero el resto del día se lo pasó llamándome Jimmy. Volví a decirle que me llamaba Jesús y me contestó:

—Sí, sí, pero aquí en la clase te diremos Jimmy.

Yo decidí no contestarle cuando me dijera Jimmy, porque no me daba la gana de que me cambiara el nombre.

—Mira, chico, no lo tomes así —me dijo un compañero de clase que era vasco—. Yo estoy peor que tú. Me llamo Iruretagoyena, y como la maestra se traba, en cuanto pasa la lista y dice «Iru», ya yo digo «presente».

No me convenció. Yo me llamo Jesús por mi padre, y Andrés por un tío mío que era aviador, y de la Caridad por la Virgen, y nadie me va a cambiar el nombre.

Cuando llegué a la casa, esperé al doctor y le expliqué en español:

—La maestra dice que en el colegio me tienen que decir Jimmy. Yo me llamo Jesús y...

El doctor se echó a reír y me dijo que esa señora a lo mejor era xenófoba. Como nunca había oído esa palabra, no sé qué quiso decir. Después me explicó que la gente, aquí, si es católica, es catoliquísima, y si es judía, judiísima. Me preguntó si yo me sabía los mandamientos. Le dije que sí y le repetí unos cuantos; otros se me habían olvidado.

—¿No te acuerdas de uno que dice: «No tomar el nombre de Dios en vano»?

La verdad que de ése no me acordaba, pero no veía qué tenían que ver todas esas explicaciones, ni los mandamientos, con que la maestra me dijera Jimmy.

—Mira, ustedes usan el nombre de Jesús para recordar a Jesucristo, pero aquí decir «¡Jesús!» es tomar el nombre de Dios en vano, y suena mal. Si dices «Jesuschrist» suena peor todavía. La gente dice «¡Jesuschrist!» cuando está enojadísima, o se les cae algo en un pie o se pillan un dedo. Es casi una blasfemia. Mira, es como si tú en Cuba te llamaras «conio».

Me dio risa cómo el doctor lo pronunciaba, pero no me reí para que no creyera que me estaba burlando de su español.

—Yo creo que podemos arreglar muy bien este asunto, enseñándole a la maestra que te diga Jesús, como se pronuncia en español, y no «Llisus», como se pronuncia en inglés. Así no suena mal. ¿De acuerdo?

Le dije que sí y se solucionó el problema, pero a los pocos días me busqué otro lío. Me dieron unos papeles para que los llenara con mi nombre, teléfono, dirección, etc. Después, decía «raza» y al lado había un espacio en blanco. Como es natural, escribí «blanca». La maestra lo revisó todo, tachó blanca y escribió encima «cubana».

Me puse furioso.

—Oiga, señora, «cubana» no es una raza. Cubano quiere decir que soy de Cuba, pero mi raza es blanca.

—No importa, mi hijito. Aquí a todos los cubanos les ponemos así: «raza cubana».

Me fui a ver a la *counselor*, que es a la persona a quien hay que ir a ver cuando uno tiene problemas. Cuando le dije lo que me había pasado, se echó a reír, quizá porque ella también era cubana, y me dijo:

—Sí, Jesús; tienes toda la razón. Lo que pasa es que a veces han venido cubanos que son negros o mulatos, o gente que habla español y tienen rasgos de negro o de indio, pero no les gusta que se lo digan. Para evitar problemas, decidieron poner eso de raza «cubana».

Ahora resulta que el chino Chang también es de raza cubana. Y el negrito Orestes.

Cuando se lo conté al doctor, primero le dio risa, pero luego me dijo:

—Aquí hemos adelantado mucho, Jesús, pero todavía quedan muchos prejuicios estúpidos. Quizá, como ésta es una democracia, algún día tú puedas ayudar a que no los haya...

Yo no esperé a ser grande. Cuando empezaron a traer negros de otros colegios a nuestro colegio y algunos niños y muchos padres blancos protestaron, yo me dediqué a defender a los negros. Me convertí en guardaespalda de una chiquita que se llamaba Lucy. La pobre era una negrita de esas que las peinan todas con trencitas y tenía mucho miedo de que le hicieran daño los mayores que se ponían a la puerta del colegio a insultar a los negros. Defenderla me hizo sentirme bien por dentro.

En cambio, lo que me hizo sentirme muy mal fue lo que pasó en la casa un día que salieron el doctor Hamilton y la señora a un banquete, y nos quedamos Julie, Tessie y yo viendo la televisión y comiendo chucherías.

Yo tenía puesto mi pijama nuevo y me estaba portando bien. Cuando eran cerca de las doce, y dije que me iba a acostar, Tessie me pidió que le diera un beso. Yo le puse la mejilla para que me lo diera ella a mí.

—No seas estúpido. En la boca.

—No; en la boca, no.

—¿Por qué?

—Porque da tuberculosis.

Las dos se echaron a reír y me dijeron *silly*, bobo.

—¡Todo el mundo se besa en la boca!

—Todo el mundo no; en Cuba, no.

—Pero estamos en América.

—En América del Norte.

—Da igual.

—No; no da igual, porque hay América del Norte y América del Sur.

—Cuando se dice América, todo el mundo sabe que se refiere a los Estados Unidos, ¡estúpido!

—Las estúpidas son ustedes que no saben más que lo de aquí, y se creen que lo de aquí es lo único que vale.

—Bueno, pero estás aquí y tienes que vivir aquí y acostumbrarte a hacer y a decir todo como aquí. Por eso, ahora mismo te voy a enseñar a besar en la boca.

De repente, me agarró la cara con las dos manos y me dio un beso grandísimo en la boca y después otro y otro. Me quedé frío.

Sentí una cosa extraña, porque me dio miedo; pero a la vez me gustaba y se me aflojaron las piernas y sentí hormigas en el estómago y me quedé sin aire. La verdad es que la dejé que practicara ella y luego practiqué yo, hasta que Julie gritó:

—¡Cuando papá venga, se lo voy a decir!

—¡La próxima vez lo hacemos en tu cuarto! —me amenazó Tessie.

Salí corriendo, subí la escalera y me metí en la cama. Pero no me podía dormir. Había hecho algo muy malo y, a la vez, volvía a pensarlo y volvía a sentir las hormigas. La cabeza me daba vueltas; pensé en el padre Joselín, en el diablo y en mi abuela, todo mezclado.

De pronto me senté en la cama de un brinco:

—¡Ay bendito! —me acordé de lo que me había dicho Juanito después que vimos a Toni besando a Tawami: lo del sexo y todo eso.

Estaba muy preocupado por si a Julie se le ocurría venir a mi cuarto y pasaba lo otro. Entonces sí que no me podía dormir, y cuando me dormí tuve pesadilla: el doctor Hamilton me echaba de la casa, Tessie no hacía más que reírse; unos policías venían a buscarme en un carro patrullero, y yo huía y huía corriendo.

Al otro día, en el desayuno, no podía mirar ni al doctor, ni a Julie, ni a Tessie. La señora Hamilton me preguntó si estaba enfermo.

Por suerte, Tessie se hizo novia de un futbolista y nunca más me dio clases. En cambio, yo pensé que podía aprovechar y darle un beso a Loli, una cubanita de mi clase que me gustaba mucho. Un día, después del colegio, la esperé en un pasillo, y por poco se lo doy; pero me hizo un *diachibarai*, que es un pase de judo, y me tumbó en el suelo.

Al poco tiempo tuve la suerte, en el campeonato de béisbol, de batear un jonrón con las bases llenas y ganó el equipo del colegio. Desde entonces fui muy popular; aquí, si uno es bueno en deportes, no importa que sea negro, o puertorriqueño o cubano. Hasta pusieron mi retrato en el periódico del colegio y todo el mundo me decía «¡Hi!». Por poco hasta me eligen delegado de la clase. Quizá por eso empecé a pensar que sería mejor hacerme el americano. Traté de quitarme el acento por completo y alguna vez llegué a no contestar, como si no hubiera oído, si me hablaban en español.

Ya muchos de los americanos se habían hecho amigos míos —cuando uno tiene piscina es más fácil hacer amigos—. Quizá no era la piscina, sino el Mercedes-Benz del doctor Hamilton. La gente no te trata igual si eres cubano y vas en un Mercedes-Benz, que si eres cubano y vas en un Cadillac todo destripado como los que tienen aquí los negros. A veces, hasta me hubiera gustado llamarme Peter o John, en vez de Jesús.

También me avergonzaba de algunos cubanos. La señora Hamilton cogió de sirvienta a Cachita, una cubana flaca, sin dientes y con cara de hambre. Como le dijeron que yo era cubano se puso contentísima, pero yo no quise darle confianza. No por cubana, sino por bruta. Cuando se armó el lío de que en Cuba había misiles rusos y que iban a atacar a los Estados Unidos, viene y me dice:

—Kike, ¿tú sabes cómo tenían escondidos los misiles ésos en Cuba?

—¿Cómo?

—Con manteles.

—¿Cómo con manteles, Cachita? ¿Tú eres boba?

—Lo acabo de oír por radio. Que habían desmantelado los misiles.

También comprendo que los americanos pasan malos ratos con nosotros. El otro día, por ejemplo, el doctor Hamilton y yo fuimos a la calle Ocho, que es donde hay más cubanos. Allí se puede conseguir de todo como en Cuba. Hay cafeterías, dulcerías, zapaterías y hasta funerarias en español. También hay unas tiendas que llaman Botánicas, donde venden santos gigantes y muñequitos y amuletos, y hasta unas latas llenas de no sé qué con una etiqueta donde explica que si echas ese líquido en la casa a la vez que dices la oración que está escrita debajo, se alejan los malos espíritus. Yo me acordé de Osceola y de sus hombrecitos que nacían de la tierra. Al doctor Hamilton todo esto le interesaba muchísimo; a mí me daba algo así como pena o vergüenza.

Entramos en una cafetería, porque a los dos nos gustan mucho los pastelitos de guayaba, y al doctor el café cubano, y nos sentamos frente al mostrador, al lado de un policía americano. El policía pidió una Coca-Cola, pero cuando se la trajeron, le cayó una mosca en el vaso. Claro, él no quería tomársela con la mosca viva dentro y llamó a una cubana gorda de pelo pintado y uñas larguísimas, que vino moviendo todo el cuerpo. El policía, muy fino, le explicó en inglés que le había caído una mosca en el vaso.

La cubana lo miró y no entendió ni pío.

El americano se dio cuenta y se puso a tratar de imitar a una mosca, agitando las manos, como si volara.

—Oye, china, ven acá a ver qué quiere el americano éste —dijo la camarera—. Me está haciendo unas señas muy raras, y a mí sí que nadie me falta al respeto.

Vino la segunda camarera, y el pobre americano volvió a repetir lo de la mosca.

103

—¡Ah! Si no tienes gas, no es culpa nuestra; es de la máquina, que no funciona.

El pobre americano miró alrededor y preguntó, ya desesperado:

—¿Aquí no hay nadie que hable inglés?

Para que en la casa no creyeran que todos los cubanos éramos brutos, me dio por estudiar y saqué A en todas las asignaturas. Los Hamilton estaban tan contentos conmigo, que el día de mi cumpleaños me regalaron un barco para regatear en el club de ellos. Yo ya les decía *mom* y *dad*, que quiere decir papá y mamá, y les había cogido mucho cariño.

Al doctor Hamilton le gustaban mucho los barcos; sobre todo, los de vela, porque decía que prefería oír el viento y no el ruido de la televisión o de la gente diciendo boberías. Los domingos salíamos los dos y él decía que a pescar, pero si los peces eran chiquitos, siempre volvía a tirarlos al agua. Parece que le daba lástima verlos desangrarse con el anzuelo atravesado. A mí también, pero nunca había encontrado un hombre que lo dijera.

Con *dad* aprendí a hacer *snorkeling* —no sé cómo se dice en español—: es cuando te pones aletas en los pies y una careta y nadas por debajo del agua.

Dentro del mar hay mucho silencio, y las plantas se mueven a cámara lenta y la luz del sol forma dibujos sobre la arena del

fondo. Se ven peces amarillos con rayas azules, otros con rayas negras y otros que parecen de plata. Algunos se te acercan y se te quedan mirando, como diciendo: «¿Tú quién eres?». También hay caballitos de mar, y langostas que se impulsan con la cola y huyen, y pulpos que mueven los brazos como si bailaran. Los corales blancos parecen abanicos y hay praderitas donde la hierba se mueve igual que si fuera en el campo y soplara la brisa. No se oye nada; es como si allá abajo no hubiera problemas.

Me parecía que *dad* era mi verdadero papá y que siempre me iba a quedar con ellos. En muchas cosas me daba cuenta que no era tan cubano como antes. Ya ni siquiera extrañaba los plátanos fritos. Todavía me gustaban los fríjoles negros, pero no como antes. *Mom* le había pedido la receta a una amiga, y el día que cumplí doce años (los once los cumplí en casa de Mike, y nadie se acordó), además de regalarme el barco, hizo fríjoles negros. Le quedaron blancuzcos y duros como municiones. Como no le dije que le quedaron fatales, porque me dio pena, ahora los pone todos los viernes.

Ha pasado tanto tiempo, que casi se me ha olvidado la cara de mi mamá y de mi papá. Además, nunca me escriben. *Dad* dice que no es culpa de ellos, sino del correo de Cuba. Todos los meses me obliga a escribirles una carta, pero no encuentro qué decirles. De todos modos, ellos no iban a entender lo que yo les estaba escribiendo, porque las cosas aquí son muy distintas. Nunca había vuelto a ver a mi hermano Toni, aunque sí me llamaba de cuando en cuando. Pero no lo extrañaba; por lo menos, no tanto como al principio. Poco a poco me fui acostumbrando a la idea de que no iba a volver a ver a mi familia. Lo único que de verdad me importaba era que nadie me quitara lo que tenía ahora.

Un día, que estaba disfrazado de muerto, porque era *Halloween,* y ese día todo el mundo se disfraza para salir por la noche a pedir caramelos o hacer maldades si no te los dan, *dad* me dijo que pasara a su biblioteca, que quería hablar conmigo algo muy importante.

Pensé que sería cuestión de unos minutos y ni siquiera me quité la careta de muerto. Pero *dad* se sentó en su butaca, cogió su pipa, la encendió con mucha calma, apagó el fósforo, miró el humo y me dijo al fin:

—Jesús, nosotros te queremos como a un hijo, y esta casa será siempre tu casa.

«Ya está, ¡se fastidió la pianola!», pensé yo, como decía Tata Amelia. ¡Seguro que me iban a mandar para Matecumbe o para otro sitio peor!

Como no quería que me lo dijera él, porque iba a doler más, fui yo quien le dije:

—¿Adónde van a mandarme ahora?

Me miró sorprendido.

—No, Jesús, no es eso. Es que me llamaron
para avisarme que tus padres acaban de
llegar de Cuba, y quieren verte en seguida.

Dije y lo sentí:

—Se debían haber quedado allá.

Y cuando *dad* me preguntó:

—¿Qué dices, hijo? —lo abracé llorando.

—¡Yo no quiero irme de aquí! ¡Yo te
quiero mucho, *dad!*

Él me abrazó también, pero como a los
americanos no les gusta demostrar lo que
sienten, en seguida me separó y me dijo:

—Son tus padres, Jesús. Y si quieren que
te vayas con ellos, tienes que irte.

Entonces grité con furia:

—¡Yo no tengo que irme con ellos! ¿Para
qué me mandaron solo para acá y me dijeron mentiras? ¡Si se quedaron en Cuba, fue
porque les importaba más la finca y la casa
que mi hermano y yo! Además, ¡casi ni me
acuerdo de ellos!

También pensé, pero no se lo dije, que
todos los cubanos recién llegados eran pobres
y no tenían trabajo, y que yo nunca quería
volver a pasar hambre en mi vida. Entonces,
gritando, dije una cosa terrible:

—¡Yo no quiero volver a ver a mis padres!

Muy calmado, *dad* me ordenó:

—Ve a quitarte el disfraz, y lávate la cara. Tus padres están al llegar.

Cuando ya me iba, me dijo:

—Me parece que eres injusto. Ellos hicieron lo que les pareció mejor para ti. Quiero que los esperes y seas amable con ellos.

Me vestí y me senté a esperarlos en el quicio, a la entrada de la casa. Estaba decidido a no irme con ellos, y si me obligaban, a escaparme a donde no pudieran encontrarme nunca.

Un Plymouth todo destartalado frenó a la entrada. Se abrieron las puertas.

Miré. Una señora venía corriendo hacia mí y gritando:

—¡Kike! ¡Mi hijito!

Detrás venía un hombre más viejo que mi padre. Entonces oí una voz que me decía:

—¡Enano! ¡Enano!

Era Toni. Al verlo, fue como si de pronto no hubiera pasado el tiempo. El corazón se me echó a correr.

—¡Toni! ¡Toni!

Los cuatro nos abrazamos llorando.

PERO LA COSA no fue tan fácil. Tuvimos muchos problemas. Yo casi ni me acordaba cómo eran mis padres y había vivido solo y con costumbres distintas a las suyas; de pronto mi padre quería mandarme y que yo le obedeciera sin decir ni pescado frito. Por orgullo, sólo quiso aceptar como préstamo el dinero que le ofreció *dad*. Y para eso, mil pesos. Claro, lo que conseguimos pagando una porquería fue una casa vieja y destartalada, allá por Hialeah. El día que nos mudamos, ellos estaban contentísimos, pero yo tuve que recoger mis cosas y decir adiós a *mom* y a *dad*, y aunque nos íbamos a volver a ver, ya nunca iba a ser igual que antes.

Para colmo, en vez de mi cama grande, lo que tenía era un bastidor hundido y una colchoneta flaca; y en vez de muebles, cajones para guardar mi ropa. Papá consiguió un Chevrolet del año cincuenta y cinco, y cuando no se le estropeaba el silenciador, se le rompían las mangueras o había que cambiarle el carburador. El refrigerador que nos regalaron unos amigos de mis padres era una lata; había que limpiarlo todas las semanas; si no, lo abrías y parecía el Polo Norte. El sofá y las sillas de la sala los compraron en el mercado de las pulgas; la vajilla era una mezcla de platos y fuentes de otras vajillas; y los cubiertos, igual: unos oscuros, otros amarillos y, la mayoría, jorobados.

Papá encontró el televisor en un montón de chatarra, de esos que la gente rica pone frente a su casa para que se lo lleve el camión de basura. Estuvo como una semana lijándolo y pintándolo. Lo arregló, y mamá le puso encima un elefante, dos ceniceros y un tapete tejido. Pero qué va. Le faltaba una pata y de todos modos era un desastre.

Cuesta más trabajo bajar a pobre que subir a rico. Para mí todo aquello era volver hacia atrás.

Cuando una amiga de mi madre, que se llamaba Conchita, se aparecía con un bulto de ropa vieja amarrada en una sábana, mamá se ponía contentísima:

—Mira, papi, ¡qué blusa! ¡Si está enterita! ¡Mira, medias! ¡Y sábanas, con la falta que nos hacen! ¡Oye, y tres toallas! Mira, mira, ¡un traje, un traje completo, y creo que te sirve!

Todo venía arrugado y, a veces, desteñido, pero como en Cuba no había nada de nada, y lo poco que se conseguía era «por libreta», es decir, lo que decía tu libreta de racionamiento, a ella todo le parecía maravilloso y a mí una porquería, porque sabría Dios quién había usado antes todo aquello. Me daba pena, o rabia, o vergüenza que me regalaran cosas usadas.

Yo no decía nada, porque mamá ponía una cortinita aquí, y unas flores allá, y todo lo tenía limpio y pulido y siempre estaba contenta y haciendo planes de lo que se iba a comprar con las libretas de sellos verdes que daban en el mercado. Hasta que pudo conseguir trabajo fijo en una factoría, hizo de todo: pasteles de guayaba para vender, camisas, cuidaba niños —lo que fuera—. Ahora que la volvía a tener cerca, me caía bien; siempre se estaba riendo y no protestaba como otra gente por lo que había tenido que dejar en Cuba. Al contrario, a cada momento miraba a su alrededor y decía:

—¡Ay, si me parece un sueño! ¡Un verdadero sueño! ¡Estar todos juntos! Creo que en lo que me resta de vida no vuelvo a quejarme.

La pobre, tenía la manía de guardar todos los frascos vacíos. Cuando se acababa el café o alguna compota, me decía:

—No, hijito, ¡no tires el envase! ¿Tú sabes lo que daría tu abuela en Cuba por un frasco de éstos?

Así que había frascos guardados por todos los rincones. También tenía manía de guardar comida. Cuando sobraba algo, lo disfrazaba y lo servía al día siguiente. Como se me ocurriera protestar, decía:

—¿Tú sabes el hambre que se está pasando en Cuba?

Papá no me caía tan bien. Era mucho más serio que mi mamá. Además, era abogado y aquí los abogados no tienen trabajo, sobre

112

todo, si no hablan inglés. Lo que consiguió fue un trabajo de camarero en un restaurante, pero como no tenía práctica, lo pasaba fatal y siempre estaba amargado y de mal genio. Quería que todo en casa se hiciera como en Cuba. Como Toni trabajaba por el día y estudiaba por la noche, papá la cogió conmigo:

—Kike, ponte los zapatos. Kike, córtate el pelo, viejo.

Un día ya me tenía cansado y le contesté de mala forma:

—En casa de *dad* yo andaba siempre descalzo y me cortaba el pelo cuando me daba la gana.

—Ya lo dijiste: en casa de *dad*. Pero aquí, en casa de Jesús Lendián, te pones los zapatos y te cortas el pelo cuando yo te mande.

Otra cosa: cada vez que me empezaba a hablar y se me iba una palabra en inglés, me interrumpía:

—En español, Kike.

Yo me molestaba y le decía:

—Deja, no importa —a veces lo hacía por fastidiarlo; pero otras, porque me era más fácil decir las cosas en inglés.

Él insistía:

—Dilo otra vez. En español.

—Si no importa, chico.

—Sí importa. En esta casa se habla español.

En seguida decidió empezar a darme clases

de español e Historia de Cuba antes de irse para otro trabajo de mecánico que consiguió por las mañanas. Yo, muriéndome de sueño, y él, dale que dale, que si Martí, Maceo y las guerras de independencia. Hasta me ponía tarea: «Lee esto; copia lo otro».

También se le metió en la cabeza que el fútbol americano [9] era un juego muy bruto, y cuando me escogieron para el equipo del colegio, me dijo:

—Ni lo pienses, Kike. ¡Todavía si fuera fútbol!

—Aquí todo el munda juega al fútbol americano.

—Sí, y por eso hay tantos accidentes. Mira los jugadores: ¡dime si no parecen mulos, Kike! Por algo te mandaron ese papel para que yo lo firmara, y tienes que pagar un seguro.

—Papá, aquí por todo te hacen firmar un papel y por todo tienes que pagar un seguro. Es así.

—Será así, pero usted juega a la pelota, nada o rema. De fútbol americano, ni hablar.

—¡Pero papá!

—¡No discutas más, Kike!. No juegas al fútbol americano. Ya está.

Me puse furioso y le dije:

---

[9] Fútbol americano: es distinto del fútbol que se juega aquí.

—¡El cigarro da cáncer y es peor que el fútbol americano; sin embargo, tú te pasas la vida fumando!

Me miró y yo sé que se dio cuenta de que no me iba a dominar fácilmente.

Cuando venía gente, yo trataba de perderme. Si eran cubanos, se abrazaban y me abrazaban y luego se ponían a hablar muy alto y todos a la vez. Casi siempre, de política. No sé por qué, una de las cosas que discutían era si Fidel siempre había sido comunista o no. Alguien gritaba:

—Desde la Universidad. Me consta. Yo fui de su curso.

Otro saltaba:

—¡Eso no es verdad! Él vino aquí a buscar ayuda y se la negaron.

—¡Porra! Ése era más comunista que el mismísimo Stalin.

Así se estaban horas. Pero si empezaban con los «¿te acuerdas?» era peor.

—¿Te acuerdas del viejo Chano? ¿Y de aquel muchacho, cómo se llamaba, que le decían el Bebetón? ¿Y de Lolita, la chiquita aquella que se apellidaba Laca Gamos, que cuando pasaban lista nos moríamos de risa? Creía que iban a ser cuentos cómicos, pero qué va; el viejo Chano se había muerto, al Bebetón le habían echado veinte años y Lolita se había metido a miliciana y luego cayó presa. Todo eran tragedias.

Una noche, unos vecinos de Cuba fueron a casa y papá me obligó a quedarme. Ese día jugaban los *Dolphins* —el equipo de aquí, de Miami— y no quería perdérmelo. En cuanto puse la televisión, papá me dijo:

—¡Baja eso, muchacho!

Y comentó con los amigos:

—Estos chiquitos no oyen bien. Ponen el televisor a todo lo que da. Y si es la musicanga ésa, ¡lo vuelven a uno loco! No respetan si uno está conversando. A derechas, ni contestan.

Bajé la televisión, pero como hablaban tan alto, no me dejaban oír. En cambio, ellos estaban divertidísimos o tristísimos: no sé. ¿Saben de qué hablaban?

De si el tipo que vendía tamales [10] en las calles de 12 y 23 decía «pican, pican», y si el dulcero tal decía «vayan comiendo, que tienen tiempo», y de las yemitas dulces que hacía Roberto y lo sabroso que era el Elena Ruz de «El Carmelo». Para terminar, empezaron a nombrar los tranvías de La Habana. Uno decía:

—Playa, Estación Central...

Y el otro contestaba, como si fuera una adivinanza:

—Ese cogía por la calle 23 y luego por

---

[10] Tamal: en América, empanada de maíz, carne y aceitunas.

Almendrales y bajaba por tal calle y llegaba al paradero.

El otro decía:

—¿Y el V7?

Para mí era como si hablaran en chino, pero ellos seguían muertos de risa. Luego, nadie se acordaba de nada completo. Todo se les olvidaba.

—¿Cómo se llamaba el tipo aquel que era representante?

—¿Chibás?

—No, chico, no; aquel otro, el que le metió dos tiros al automóvil porque no arrancaba. Que por cierto, después lo mataron.

En ese momento, los *Dolphins* acababan de meter un gol y yo, claro, metí un chillido y empecé a gritar:

—¡*OK man! ¡OK man!* ¡Dale, dale!

Papá me dijo:

—¡Cállate, muchacho! ¿Te has vuelto loco?

—¡¡Ah, *shit!!*

En seguida el vecino le dijo a mi padre:

—¡Esa palabra me tiene frito! ¡Mis hijos también la dicen cada dos minutos!

—¿Y qué quiere decir?

El vecino se quedó pensativo, mirando al piso, y luego dijo con desconsuelo:

—¡Mierda, chico! ¡Mierda!

Papá se levantó y me apagó el televisor

cuando el partido estaba empatado a catorce y faltaba un solo minuto.

Me metí en mi cuarto y cerré la puerta pensando: ¡Yo me voy! ¡Me voy de la casa, qué caramba! ¡Ni ellos me entienden, ni yo los entiendo! ¡Nunca sé de lo que están hablando, ni a ellos les importa nada de lo que me interesa a mí! ¡Mañana mismo me largo: a donde sea!

Me senté en la cama. Desde hacía tiempo tenía una confusión tremenda. No sabía si era cubano, americano o ninguna de las dos cosas, o una mezcla de las dos. Cuando los cubanos hablaban mal de los Estados Unidos, me daba rabia; pero si alguien me hablaba mal de Cuba o de los cubanos, saltaba como una fiera. Algunas cosas de los cubanos me parecían ridículas; otras de los americanos, me parecían peor. Unas veces pensaba irme a Alaska, donde no hubiera cubanos; otras, hasta volver a Cuba. Hablaba la mitad en inglés y la mitad en español. Si tocaban el himno americano, me erizaba; pero si oía el himno cubano, se me ponían los pelos de punta. La culpa la tenían mis padres. ¿Por qué me sacaron de Cuba? ¿Por qué rayos no me dejaron allí, o se quedaron ellos para que yo fuera una cosa o la otra, y no este lío que no lo entendía ni yo mismo?

Por fin, como era tarde, decidí irme al día siguiente temprano.

Por la mañana, cuando salí del cuarto, me encontré a mi padre sentado en una butaca con cara de no haber dormido, y un cenicero lleno de colillas de cigarro al lado. No lo saludé. Fue él quien me llamó y me dijo:

—Mira, Kike, anoche, cuando se fue la visita, llamé al doctor Hamilton.

—¿A *dad?*

—Sí.

—¿Para qué?

—Ven acá. Siéntate.

Me senté y empezó a hablar despacio, como si le costara mucho esfuerzo:

—Nosotros nos pasamos cuatro años sin vernos, y no quisiéramos volver a separarnos de ustedes; pero si tú lo quieres, si eres más feliz con ellos, si los entiendes mejor, ¡qué le vamos a hacer! ¡Vete! ¡Nosotros no podemos forzarte a que nos quieras! El doctor dice que vayas a verlo.

Se me quedó mirando como si yo fuera el padre y él el hijo.

Para demostrarle de una vez por todas que yo era un hombre y que hacía lo que me daba la gana, me fui al cuarto y empecé a recoger mis cosas.

En esto, entra mamá, me ve y me dice:

—¿Qué haces?

—Me voy con *dad.*

—¿Quién lo dice?

—Yo.

—¡Vas a acabar con tu padre, muchacho!

Mamá se quedó un momento desconcertada, sin saber qué hacer, pero de pronto me arrebató una camisa que yo estaba doblando y me gritó;

—¡No, señor! Usted se queda aquí mismo, ¿oyó? ¡Aquí mismo! Ésta es tu familia: buena o mala, mejor o peor, ésta es tu familia. Y yo soy tu madre y te parí y te adoro. Y si tenemos que pasar un tiempo difícil, lo pasamos. Y si nos tenemos que adaptar, nos adaptamos. ¡Ya está! ¡Nos adaptamos!

Entonces, se echó a llorar y se sentó en la cama. Después, bajó el tono y me dijo:

—Yo sé de sobra que tú has pasado un tiempo difícil. Nosotros también. Pero tú verás que todo pasa, hijo; todo va pasando. Yo voy a aprender bien el inglés, y tu padre va a entender el fútbol americano, porque tú se lo vas a explicar. Aquí cada cual va a poner lo que pueda de su parte. Lo principal no es entenderse, Kike, sino quererse entender. Pero, además, hijo, tú eres cubano; naciste en Cuba y tus padres, quieras o no, somos cubanos. Y, óyelo bien: ¡por muy ciudadano americano que te hagas, tus raíces son cubanas, y te llamas Jesús Lendián y Gómez. ¡El Gómez ése no te lo quita nadie, porque lo llevas en la sangre, y por muy americano que quieras ser, siempre te dirán

120

hispano! Mejor acéptalo y vive orgulloso con lo que Dios te dio. ¡No hay nada peor que querer ser lo que uno no es! ¡Aquí lo que tenemos que hacer es seguir luchando y no darnos por vencidos! ¿De acuerdo?

Le dije que sí con la cabeza; pero no tanto por lo que me decía, sino por la expresión de sus ojos, por su decisión y su carácter, porque la verdad tiene fuerza.

—De acuerdo —repetí.

Nos abrazamos; me quedé en la casa. Pero todavía me demoró mucho tiempo —¡años!— comprenderlos a ellos, y peor aún: comprenderme a mí mismo.

HACE UN SOL que raja las piedras. Tengo veintisiete años y estoy en Cayo Hueso. Hace dos semanas, diez mil cubanos se asilaron, casi por asalto, en la embajada del Perú en Cuba. El mundo entero vibró con la noticia. Fidel ha declarado que todo el que quiera puede ir en barco a Cuba, a buscar a sus parientes.

Estoy de pie en un muelle de Cayo Hueso, y el sol raja las piedras. He venido con un grupo de voluntarios para recibir a los barcos que llegan de Cuba, del puerto del Mariel, atestados de gente. Los barcos atracan y los cubanos saltan a tierra. Algunos se arrodillan y la besan.

Parecen sombras. Están desorientados, cetrinos, hambrientos. No saben qué será de ellos. No saben ni cómo ni cuándo volverán a ver a sus hijos, a sus padres y hermanos que dejaron en Cuba. No tienen más ropa que la puesta. Pero van formando filas y marchan. Marchan frente a mí hombres, mujeres, niños, viejos: todos demacrados, inmigrantes sin patria. Yo siento que soy yo también, un niño solo, hace quince años, el que marcha con ellos.

Se me hace un nudo en la garganta. Quisiera decirles que hemos hecho manifestaciones en las calles de Miami para que los admitieran, que todo el que ha podido ha alquilado una embarcación o ha hipotecado su casa, si ha sido necesario, para ir a buscarlos. Que hemos formado comités y organizaciones para recoger alimentos, medicinas y ropa. Que dentro, en el edificio, hay mesas con comida caliente y una Virgen de la Caridad. Y que a uno hasta se le ocurrió poner, en lo más alto de ese edificio hacia el cual marchan, un letrero inmenso que dice:

«El último que salga de Cuba, que apague la luz».

Pero no puedo. No puedo. No me salen las palabras. Sólo estiro el brazo y alcanzo a poner mi mano sobre la cabeza de un niño, quizá sin padres como yo, y le digo:

—¡Bienvenido, hermano!

EL BARCO DE VAPOR

Series

Blanca **(B):** Para primeros lectores.
Azul **(A):** A partir de 7 años.
Naranja **(N):** A partir de 9 años.
Roja **(R):** A partir de 12 años.